Wellen auf dem Meer der Zeit

Wellen auf dem Meer der Zeit

Gedichte und Gedanken eines Indianers

Darryl Wilson
Pit River – Achomawi

Neue Erde

1 2 3 4 5 6 7 8 91 90 89 88 87 86

Die Beiträge dieser Ausgabe erschienen teils in Lose-Blatt-Sammlungen, teils sind sie hier erstmals veröffentlicht.
Der Beitrag »Gedanken über den Großen Geist« erschien zuerst im »Grünen Zweig 22«. Übersetzung »Grüne Kraft«.

Übersetzung und Lektorat
(wo nicht anders vermerkt):
Andreas Lentz

Titelseite und Illustrationen:
Andreas Lentz
unter Verwendung von Fotos
(siehe Bildnachweis).

Gesetzt aus der Walbaum der Mergenthaler Linotype
Satzdienst Neue Erde/P.G.

Printed in Germany

Gesamtherstellung: Druckerei in der Mühle
Klaus Stowasser, Werdorf/Dill

ISBN 3-89060-110-3

Neue Erde – Verlag Andreas Lentz
Fenkenmühle 6, 7981 Horgenzell
Deutschland (BRD) – Planet Erde

Vorwort

»Vielleicht sind wir doch Brüder. Wir werden sehen.« – Dieser letzte Satz der berühmten Rede Häuptling Seattles, in dieser Zeit wird er sich entscheiden.

Der Überlebenskampf der indianischen Völker spitzt sich immer weiter zu. Darin spiegelt sich die ökologische Krise. Denn – das ist offenkundig – wenn die Naturvölker dahin sind, ist auch die Natur dahin. Und was sind wir Menschen ohne Natur?

Der Überlebenskampf der Indianer ist daher auch *unser* Überlebenskampf. Und es gibt nur zwei Wege: Entweder begreifen wir jetzt, daß die Indianer(innen) unsere Brüder und Schwestern sind oder wir werden es erst im Tod, der uns vereint, erkennen. Die Hopi-Prophezeiung sagt, daß diese Welt enden wird, wenn es die Hopi nicht mehr gibt…

Einer, der uns – gewissermaßen in Häuptling Seattles Fußstapfen – diese Zusammenhänge, das Miteinander-Verwobensein, ins Bewußtsein rufen will, ist Darryl Wilson. Er hat mehrmals Europa besucht, unter anderem die Stockholmer Umweltkonferenz und die Bauern von Larsac. (In Larsac hat es die örtliche Bevölkerung in zähem Ringen geschafft, ein Militärübungsgebiet zu verhindern.)

Darryl Wilson steht damit auch als Bindeglied zwischen der Ökologie- und Friedensbewegung einerseits und dem indianischen Widerstand andererseits. Und wie es für den indianischen Widerstand bezeichnend ist – wie viel weniger allerdings für die Friedens- und Ökologiebewegung bei uns!

– verbindet er das politische mit dem spirituellen. Oder. besser gesagt, er macht die Spaltung, die zwischen diesen beiden Gesichtspunkten bei uns herrscht, nicht mit.

Diese Buch gliedert sich in zwei Teile und einen Vor- und einen Nachspann. Im Vorspann ist eine Rede Darryl Wilsons wiedergegeben, die er bei einem Besuch des Welttheaterfestivals in Nancy 1973 vor europäischen Zuhörern gehalten hat.

Daran anschließend finden wir in Teil I einige Gedichte aus dem Gesamtwerk, zuerst die »Naturpoesie«, Gedichte der Huldigung an den Geist der Natur. Es folgen Gedichte, die die Auseinandersetzung eines Indianers mit den Weißen widerspiegeln. Den Abschluß des Gedichtteils bildet ein langes Gedicht: »Friedenskorb«.

Im Teil II gibt es Hintergrundinformationen zum aktuellen Kampf der Pit-River-Indianer um ihre Landrechte. Der Nachspann bringt eine kurze Zeichnung der persönlichen Lebensgeschichte von Darryl Wilson.

Um den Rahmen diese Bandes nicht zu sprengen, mußten wir uns auf eine Auswahl beschränken. Bei entsprechendem Leserecho werden wir einen Folgeband herausbringen.

Andreas Lentz

Gedanken über den Großen Geist

Diese Worte sind mit viel Verständnis für dich, der du dich schon lange von deinem Lebensziel entfernst, geschrieben. Du hast auf dieser Erde keine wirkliche Heimat, keine Traditionen oder Bräuche oder ein Volk, aus dem du kommst und zu dem du stehst. Es gibt kaum Zweifel daran, daß diese Gedanken von einem groben, oberflächlichen, vorprogrammierten, voll ›ausgebildeten‹ Menschen kaum akzeptiert werden, ja vielleicht trifft sie sogar religiöser Grimm.

Ich kann nur Mitleid fühlen für die zerstreuten und ungewissen, für die oberflächlichen und häßlichen, die furchtsamen und gar nicht so frommen Kirchen in aller Welt. Das gleiche Mitleid empfinde ich für die Kinder, die von den Institutionen an jeder Ecke beaufsichtigt werden, für die Verwirrung in jedem Haushalt, die Gewalt auf den Straßen, die Verbrechen, die von Politikern gegen das Volk begangen werden.

Eines aber bedrückt mich besonders in meinem Innern: die Menschheit hat versucht, Religion und Kraft, Frieden und Glauben zu etwas Verkäuflichem zu machen und in etwas, das Furcht erregt zu verwandeln, in etwas zum Anbeten, etwas, das den wahren Geist der Menschen im Gewühl und im Zweifel läßt… und allein!

Ich sage nicht: »Glaubt nur, was mein Volk glaubt« oder »Habe nur Vertrauen in das, was wir tun«. Auch sage ich nicht, daß nur wir und kein anderes Volk ein Geheimnis hat, das sonst niemand kennt. Nein, eher ist das Geheimnis in jedem Menschen, aber der Same braucht wie bei der Blume Regen, um sichtbar zu sprießen, geistiges Wasser auf schlafende Samen.

Es gibt viele »Geister«, doch nur einen Geist, der den Sternen ihren Platz eben da zuwies, wo sie heute sind. Dieser Geist kennt nicht nur die Entfernung zwischen uns und dem nächsten Stern – nein, er weiß auch um die Strecke zwischen uns und dem weitesten. Dieselbe Naturkraft dreht die Erde um die Sonne, wandelt die Jahreszeiten, läßt Geburten geschehen, versteht Anfang und Ende, Träume und Lieder und duldet Enttäuschung und Stumpfsinn.

In dieser Kraft ist mein geistiger Traum zuhause. Vielleicht kommt das daher, daß ich am Zusammenfluß des Pit River und des Fall River, im Herzen des uralten Landes meiner Vorfahren geboren wurde. Mein Volk hat ein großes Wissen bewahrt und durch die Kraft des Glaubens versteht es.

Es gibt letztgültige Geheimnisse, Geistgeheimnisse, in allen Dingen. Ich glaube, ich habe in mir die Samen dessen gefunden, was allein mein ist. Doch diese Entdeckung führt mich nur an die Ufer des Stromes der Unzufriedenheit. Deswegen muß ich reifere Seelen suchen mit tieferem Verständnis, größeren Geheimnissen. Klares Wasser zur Erwekkungs des Lebens in den erwachenden Samen: geistige Erde sie darin zu pflanzen.

Glücklicherweise gibt es viele Orte, wo man zu jenem Wasser und zu jener Erde gelangen kann. Im Pit-River-Gebiet gehen wir zu den Alten, zu unseren Großmüttern und Großvätern. Wir sitzen lange Stunden mit ihnen zusammen, lange Tage, und wir fragen und fragen... Wir bohren so lange, bis die Alten wissen, daß wir mehr Fragen stellen. als wir im Augenblick Antworten verarbeiten können. In der Stille der Natur lassen sie uns Zeit zum Nach-denken dessen, was sie uns gegeben haben. Wir meditieren regelrecht darüber.

Es ist wie der Wandel der Jahreszeiten. Sie erzählen uns von den Geheimnissen der Geister am Morgen eines Frühlingstages und davon, wie die Jahreszeiten entstanden und warum sie uns begleiten; dann erzählen sie uns nichts weiter, bis sie ein ganz natürliches Gefühl verspüren, daß sie uns über den Sommer aufklären können und über die Geheimnisse dieser Zeit. Und so geht es mit dem Herbst und dem Winter – bis der Kreis geschlossen ist und ein neues, größeres Geheimnis offenbar wird. Wir reisen Schritt um Schritt, von Jahreszeit zu Jahreszeit, von Jahr zu Jahr, eine behütete Reise nach der anderen. Sie nehmen uns mit durch die Gedanken, dann durch die Träume und zum Verständnis – bis wir anfangen zu erkennen, daß die natürliche Glaubenskraft, die Natürlichkeit, die einzige Kraft ist – und sie ist in allem.

In den fünfziger und sechziger Jahren bekamen die Einheimischen eines Landes, das »California« genannt wird (und seinerseits ein illegaler Staat des amerikanischen Systems ist), einen Haufen in Fachsprache gehaltener Papiere vorgelegt, die darauf hinausliefen, daß die US-Regierung entschieden hat, jedem Indianer 47 Cents pro Hektar Land zu geben; Geld für unser Land, die Stätten unserer Träume.

Weihnachten 1972 ließ die Regierung einfach Geld auszahlen. Viele von uns wiesen das Geld zurück. Der Rat des Pit-River-Gebietes steht wie ein Mann gegen diese illegalen Transaktionen. Einige Leute wiesen das Geld aus politischen andere aus geistigen Gründen zurück, einige führten beide Motive an. »Kalifornien« wird nicht verkauft, das wird nie geschehen... denn die Erde gehört nicht den Indianern, die Indianer gehören der Erde.

Dieser verhinderte Landraub sei hier nur angeführt, um zu zeigen, was für üble und gemeine Methoden die US-Regierung in ihren Beziehungen zu Indianern anwendet (und nicht nur zu Indianern!). Man spricht nur von der »Nutzbarmachung« und den Ausbeutungsmöglichkeiten der Erde. Niemals wurde ein Einwohner gefragt: »Was bedeutet dir dieses Land?« – »Warum glaubst du an eine besondere Verbundenheit mit der Erde?« – »Was bist du, was ist die Erde?« Diese Fragen wurden ausgelassen. Ausgelassen, weil die meisten Menschen, die von Beton und Technologie umgeben sind, ihre innere Leere mit den Bruchstücken einer halb-wahren Bildung zugestopft haben. Sie haben Angst davor, von den Geistern in der Erde – von den allgegenwärtigen Geistern zu hören. Vor allem in der geistigen Richtung haben sie abgeschaltet.

Unsere Unterrichtsstunde beginnt

»Großmutter, was ist das Leben?«

»Es ist ein Lied, und jedes Lied ist anders. Du hast dein Lied – du allein mußt es singen. Ich habe mein Lied. Niemand außer mir kann mein Lied singen.«

»Großmutter, wie erlerne ich mein Lied?«

»Du mußt dein Lied lernen. Aber zuerst gehe und suche es. Es ist schwer zu finden. Du bist noch nicht fertig dafür. Vielleicht wirst du es nie sein.«

»Wie soll ich wissen, wann und wo ich das Lied suchen muß?«

»Du erhältst andauernd Fingerzeige: manche aus der Luft, andere von der Sonne, einige vom Mond, von den Gezeiten, von deiner Umwelt, Hinweise deiner Eltern, Hinweise der Kinder. Du kannst viel hören, wenn du deine Ohren wirklich öffnest. Es kann kein Fehler sein. Darum sind auch Erziehung und Zivilisation tödlicher als Kugeln. Sie ermorden unsere Träume und bewölken unseren Geist. Sie wollen, daß wir uns unserer Herkunft und unserer Lieder schämen!«

»Doch, ich bin so weit! Ich werde das Lied hören!«

»Geh. Und kehre zurück, wenn du die Anweisung kennst.«

Du verläßt die Großmutter und von da an sind die Elemente für dich irgendwie süßer. Die Sonne ist nicht nur unser Bruder und Hort der Wärme, sondern auch Ort eines wichtigen Teils des Geheimnisses und sie singt und tanzt, wenn sie scheint. Die Berge und Täler, die Flüsse und Ströme, Bäume und Blumen, Vögel, Vierbeiner und Fische – sie alle werden Botschafter und Wahrsager und Träumer. Ein Stein ist nicht bloß ein Stück harter Erde, er ist ein Geist, mit anderen Geistern in Bewegung. Regen ist kein aus grauen Wolken fallendes Wasser, er ist ein wunderbarer Teil des Lebenskreises, ein Wunder – wir fangen an zu verstehen, daß Regen und Erde schon lange hier waren, lange vor dem Menschen, dem kleinsten Teil des Schöpfungstraumes. Die Bäume und Winde sind ein Orchester und Musik – und jedes Lied und jede Melodie ist einmalig, niemals sind zwei Lieder gleich, nie langweilig und nie unstimmig. Blitz und Donner sind nicht laute, blendende, gefährliche Ereignisse in einer kalten Winternacht, sondern ein erstaunlicher Traum, der die Geister vor Glückseligkeit zum Zittern bringt. Die Ohren hören und erfassen, die Augen schauen und sehen. Sie sind ein Teil der zu entschlüsselnden Botschaft. Sie sind eine Kraft der Schönheit, wie das Lied der Nachtigall und der Regenbogen – von ungesehenen Händen gemalt.

Selbst das Gras auf den Wiesen und unter dem Eichenbaum nimmt eine Persönlichkeit an. Es singt und tanzt und leuchtet. Es singt sein eigenes Lied. Es verströmt sein eigenes Licht. Es ist ein vollkommener Teil der Natur und beeinträchtigt nichts anderes. Es gibt nichts, das es verbessern könnte, denn es ist vollendet – ganz. So schwebt alles im Kreise der Natur. Ein in sich geschlossener Kreis, in seinem Zweck, in seiner Form, in seinem Traum.

Der Geist, der die Grashalme machte, ließ die Bäume wachsen und den Donner und den Regenbogen entstehen. Nur das Lied ist immer ein anderes. Das Lied ist wie zwei Regentropfen, die in einen ganz stillen See fallen, weit auseinander – doch sie ziehen ihre Kreise, größer und größer, sie treffen sich. Kreis und Kreis verbinden sich miteinander. Sie sind wie eine Seifenblase, die in einer anderen aufgeht; wie Lichtstrahlen, die andere Lichtstrahlen kreuzen. Lieder sind vollkommen. Es gibt nichts eindimensionales oder flaches in der Natur. Der Hirsch mit der sanften Sprache seiner Augen weiß das. Der Adler, der mit seinen Schwingen hoch in die Lüfte steigt und alles überblickt – er weiß es. Alle Dinge in der Natur sind *sich gewahr*. Alle Dinge in der Natur haben einen Sinn und Zweck. Alle Dinge in der Natur sind vollkommen. Da wird jeder unserer Schritte auf dieser Erde eine geistige Auszeichnung. Beim Gehen merkst du, daß mit jedem Schritt irgend ein Lied gestört wird – sei es ein Fels oder ein Fluß, ein Regenbogen oder ein Spinnengewebe, eine Taube oder ein Reh. Das Gehen wird eine stille Ehrerbietung. Gehe ruhig! Umwege! Beobachte! Halte an! Gehe weiter! ....

Essen wird zu einer Zeremonie. Singe in den verborgenen Winkeln deines Herzens ein Lied für Mutter Erde, für die Nahrung auf deinem Teller, ein Lied für die Hände, die es bereiteten, für den Tisch an dem du ißt, für das Lachen und die Sorgen, die dich umgeben, während du ißt.

Begehe nicht den Fehler, zuviel zu essen. Vergiß nicht, was dir geopfert wurde, um deine Bedürfnisse zu stillen. Denke an die, die nichts haben und hungrig auf den nächsten Morgen warten – ein Morgen, der vielleicht nie kommt... Versuche jeden Tag, ein besserer Mensch zu werden, bis du in dem Verständnis aufgegangen bist, daß du und die Zeit und alle Sterne am Abendhimmel ein Teil des Regentropfenkreislaufs sind. Das Sprechen wird dann entweder zum Freund oder zum Feind – für alle Zeit. Doch merke dir: positives und begründetes Reden ist der einzige Weg, die Ruhe um dich her zu stören. Ohne den Anfang allen Seins zu erahnen treibst du dahin auf der Reise zum Verstehen des Lebens.

Vom Standpunkt des Grundsätze verstehenden siehst du die Kirchen mit allen ihren Bestandteilen, ihren politischen und finanziellen Interessen im heimlichen Einverständnis mit denen, vor denen zu schützen sie vorgibt. Die Kirchen sind geistig nicht mehr gesund; nicht gesünder als die Freiheit in Amerika. Die Politik der Kirchen, ja, die grundlegende Taktik dieser Politik ist einfach: Angst – mehr nicht.

Angst bekommt der Mensch im Stadium vor der Isolation und dem Verfolgungswahn, sie wird von den Massen in einem Schneeballsystem verbreitet und läßt alle und jeden erzittern. Gerüchte und Lügen gehen durch die Welt, eine

Welt, in der jedem darum zu tun ist, seinen Gott, seine Freiheit, sein Stückchen Himmel zu erobern und sei es meistbietend mit Geld. Gott wird Sonntags von den gleichen Menschen verkauft, die ihn in der Woche für Geld töten und behaupten, dies sei der einzige Weg, um Frieden zu finden.

Alle inspirierenden Gedanken sind Teil der Botschaft, wie in einem Puzzle; wir haben die Aufgabe zu lernen, zu verstehen, wenn wir einer Wahrheit begegnen und die Aufgabe, dieser Wahrheit den ihr entsprechenden Platz zuzuordnen. Wie die Jahreszeiten sich immer ablösen, so muß unser Verstehen groß und ohne Ende sein. Die Kirchenmänner und Politiker werden diese Einheit nie durchschauend ergründen, die unser Volk – die hierher gehörenden Menschen – mit ihrer Umwelt verbindet, einer Umwelt voller gesättigter Geister. Obwohl sie von allen Seiten von zugezogenen Menschen mit fremden und ungesunden Ideen und ungestillten Bedürfnissen umgeben sind, zittern die alten naturverbundenen Menschen des Pit-River-Gebietes nicht.

Besorgt? – Natürlich sind sie das!

Paranoid? – Natürlich nicht!

Es gibt keinen Grund Angst zu haben, wenn man vom Geist der Natur umgeben ist, jener Atmosphäre, in der wir gehen, reden, singen, beten, träumen. Da diese natürliche Sicherheit der bestimmende Faktor unseres Handelns ist, stehen wir ganz klar dem Komfort liebenden, auf Angst bezogenen Amerikaner gegenüber. Wir sehen, daß alles, was die »amerikanische« Kultur anfaßt, verrottet.

Die Erziehung, diese geplante und diktierte Verschwörung hat eine ähnliche Wirkung wie die Kirchen. Die Schulen in ganz Amerika produzieren tausende von jungen Menschen, die viel *wissen*, doch praktisch nichts *verstehen*! Lernen und lehren ist nichts Falsches, doch eine grausame Gesellschaft, die ihre Kinder dazu erzieht, grausam und hart zu sein, geht den verkehrten Weg.

Manchmal – wie Vogelgezwitscher in einem blühenden Baum – erfahren wir wichtige Teile der Botschaft von den Kindern. Diese kleinen Geister, in wunderschöne Menschen gekleidet, sie kommen zu uns, selbst wenn wir nicht wissen, daß wir sie brauchen. Sauber und klar gelangen ihre Gedanken und Träume zu uns – wie die Morgendämmerung, wie Regentropfen auf gepflügtem Land, wie eine Lerche im Frühling. Sie singen mit wenigen Worten mehr als wir mit unseren klappernden Zungen sagen können. Sie sprechen Worte wie reife Äpfel und wilde Beeren – damit wir uns daran erinnern, nicht so schnell so groß zu werden, daß wir nicht mehr zuhören können.

Viele eingeborene Gruppen dieser »Schildkröteninsel«, die man irrig »Amerika« nennt, haben Zeremonien oder Handlungen, die jeden bestrafen, der gegen den Bruder- und Schwesterbund, also die natürliche Ordnung, verstößt. Denn Menschen, die schnell in die falsche Richtung wachsen, glauben bald, Sonne und Mond umkreisen sie und nicht die Erde oder die Zeiten würden sich nach seinem Wunsch ändern und nicht nach der großen Ordnung zum Wohle aller Lebewesen. Bei den Wailaki wurde für solche Gesetzesbrecher gebetet und sie wurden von den Stammesältesten mit den Worten losgeschickt: »Gehe in diesen Wald und wenn du verschwindest und dich auflöst, dann kannst du wieder an unseren Feuern tanzen. Wenn dir das nicht gelingt, so kehre niemals an die Feuer deines Volkes zurück, geh und werde wieder wie ein Kind.

Die Legenden und Geschichten des Pit-River-Gebietes. die durch alle Zeiten hindurch weitergegeben wurden, gemahnen uns daran, wie wichtig es ist, »ganz« zu sein, sie geben uns die Gründe, hart zu arbeiten und Worte der Wahrheit zu finden, ein gutes Herz, die Gesundheit des Geistes und der Umgebung und das köstliche Verlangen, mehr wie ein Kind zu sein.

So höre ich meinem Sohn Sonny zu. Er ist nicht durch Erziehung verwirrt, nicht von Technologie gefesselt, nicht von Religion betrübt oder durch Politik verdorben. Klar wie Quellwasser, frisch aus der Erde, sind seine Worte – ein neuer Geist, der die sanftesten aller Worte spricht. Da gibt es kein Mißverständnis, nichts geht durch eine überlaute Umwelt verloren – er spricht und ich staune.

Ein Freund wurde vor einiger Zeit in Kalifornien ermordet. Es war eine tiefe Wunde für viele von uns, denn Richard Oakes war ein neuer Führer in diesen harten Zeiten, mit guten Ideen und hinter ihm stand das Volk.

Eines Tages krabbelte mein Sohn auf meinen Schoß und setzte sich. Er träumte eine Weile. Dann nahm er eine seiner rundlichen Hände und zählte an seinen Fingern ab: »Mama ist ein Wunder, Daddy ist ein Wunder, Lance, das Baby ist ein Wunder, die Blumen sind Wunder, Friskie (unser Hund) ist ein Wunder, Richard Oakes ist ein Wunder, Johnson (das Pferd) ist ein Wunder, und Kinnie und Tammie sind Wunder und Jeff und David auch, und Großmutter und Großvater sind Wunder. *Alles ist ein Wunder!* Selbst ich, ich bin auch ein Wunder!«

Diese Wahrheit, irgendwo aus dem All kommend, gab mir durch die Worte meines Sohnes ein weiteres Stück des großen Puzzles, das genau in das große Spiel des Lebens und der Schönheit paßte. Das ganze Leben ist ein Geheimnis. Auf diese Weise hatte ich daran noch nicht gedacht. Nun ist es in mir – ein Teil der Botschaft, des Verstehens der Geister, die mit uns sind und immerdar unseren Pfad weisen.

Einmal sagte Sonny: »Regen kommt von der Sonne.« Ich wollte ihn erst berichtigen, doch dann überlegte ich, daß er mit seiner Behauptung ja recht hatte. Wenn es die Sonne nicht gäbe, es würde nie regnen, nichts geschähe auf Erden.

Vor einigen Tagen erwachte ich lange vor Morgengrauen und er legte sich zu mir ins Bett an meine Seite. Er lag in der Dunkelheit, ruhig, doch ich merkte, daß er nicht schlief. Ich sagte: »Warum schließt du deine Augen nicht?« Er erwiderte: »Weil ich meinen Geist herauslassen möchte.« Es dauerte einige Zeit, bis ich verstand, was er meinte. Schließlich erkannte ich in meinem Innersten: »Was für eine schöne Art der Kommunikation mit der Dunkelheit!«

Ich erkannte, daß die Zeit, wenn die Sonne für uns ruht, die Zeit ist, in der die Geister frei tanzen. Die Dunkelheit wurde mir ein wenig vertrauter.

Dieses sind nur einige Beispiele, Gedanken und Erlebnisse, doch ich glaube, das Verstehen von Botschaften wird für jemanden, der dieses gehört hat, klarer sein. Vielleicht verstehen manche hierdurch mehr von den Weisheiten unserer Alten, der Alten überhaupt. »Du mußt dein Ich abwerfen, bevor du wachsen kannst! Du mußt ein Kind werden – wieder und wieder und wieder.... ich gehe nun.

Im Traum schwebend, die Botschaft suchend, die meine Seele in den Kreislauf der Unendlichkeit einreiht, denn ich stehe nun an der Grenze des großen Regenbogens. Kinder und Urahnen bewegen sich in der Ferne, Hand in Hand – sie gehen heim.

Teil I

Für unsere Kinder
und alle anderen, mit denen wir uns um die Sonne drehen

Diese Worte

Diese Worte und Gedanken
auf Papier gekleckst
wenn von Herzen angenommen
sind sie Ausdruck, der beseelt ist von der schönen
Verbindung von Herman und Laura Wilson
aus dem Pit River Land,
die Verbindungen sind von Natur
und Naturgeistern
die gemacht sind aus Erde
von ungeseh'nen Händen mit Liebe

Diese Worte kommen manchmal
durch meinen kleinen Jungen
Irvin Ira (Sonny) Wilson
der mich ständig erstaunt mit seinem Verstehen

»Alles ist ein Wunder, Vati, alles«

»Regen kommt von der Sonne«

Diese Worte sind, deswegen, nicht die meinen
sie kommen zu mir und manchmal durch mich
ein Geschenk
genau wie das Leben ein Geschenk ist der Natur
und Träume ein Geschenk sind des Lebens

Worte werden niemals Schönheit ausdrücken
Erde sollte kein Besitz sein
Geschenke dürfen nicht verschachert werden

Darryl Wilson
Pit River Land

Wundervolle Dunkelheit

Nacht
Wundervolle Dunkelheit des Tages

Das sind alle Orte, wo Sonne nicht sein kann

Mutter von allem, das wir nicht kennen
Das sind alle Dinge

Nacht
Mit allen leuchtenden Lichtern
Von Sommerregenbogen –
weit von unserer Erde

Gleichst du dem Tod?
Weil es so viel mehr
Dunkelheit gibt
Als Licht

Alles ist dunkel außer schimmernden, tanzenden
Sternen
Die den Sommerhimmel bedecken
In die ewige Dunkelheit gegossen ....
und jenseits der Ewigkeit Ewigkeit

Mitternacht
Zeit, da unsere Augen weit von der
Erde fort schauen
Über die Sternenbrücke,
über die Sieben Schwestern hinaus,
jenseits zu unbekannten Orten
Auf daß wir anfangen zu sehen und im
Sehen anfangen zu erzittern

Dunkelheit, wenn wir in deine Tiefen schauen
und Sterne als Führung benutzen
Fragen wir uns laut, wo wir sind

Wir glauben, irgendwo in einem Traum zu treiben
Und bald jenseits aller Lichter zu schwimmen,
die in den Himmeln scheinen
Lichter, die überall sind – und ewig

Wunder
Umgeben uns wie das Meer den
Tropfen umfängt weit vom Ufer

Mein Sohn, klein wie ein Biber, flüstert
»Alles ist ein Wunder… alles«

Wir *sehen* den Tropfen die Strahlwelt widerspiegeln
Auf einem Blatt bunten Herbstes
Und verwundern uns, welche Macht,
welcher Glaube, welches Vertrauen
ihn zusammenhält

Und verwundern uns

Und verwundern uns

Und verwundern uns

Und verwundern uns, ob
Unsere Erde
Wie dieser
In größerer Welt gehalten wird
Darin wir nur ein kleiner Teil der
Widerspiegelung sind

Einer Größeren Welt
Wo die Ahnen Kinder an Weisheit und Wissen
sind
Und warten und sich ausruhen für die Reise
Zu einer noch größeren Welt umgeben
von Freiheit wie ein Regentropfen
im weiten Meer

Dann verstehen wir einen kleinen Teil der Weisheit
Und wissen irgendwie
– wie wir vom Frühling wissen –
daß sich eine Wahrheit
selbst zu erkennen gegeben hat
Durch eine Lehrstunde der Natur

Dunkelheit
Die Zeit da Kinder träumen und Träume
sich nicht in Baumwipfeln verfangen
Oder von Bergen herabfallen
Oder auf weichen Wolken ausruhen

Dunkelheit – alle Orte und alle Dinge

Sonne, du scheinst, um uns die Macht der
Nacht zu zeigen
Die uns ermöglicht, die Ewigkeit zu *schauen*
und von der Zeit zu träumen,
da wir auch *sehen*

Bei Nacht sehen wir dahinter – und unsere Träume!
Bei Tag sehen wir nur bis zum Horizont

Dunkelheit – Wundervolle Dunkelheit – Herrliche
Nacht
Nein, du kannst nicht Teil des Todes sein

Sondern ein größeres Stück des Tages
Schönstes Stück des Lichtes
Eine andere Form des Größeren Lebens

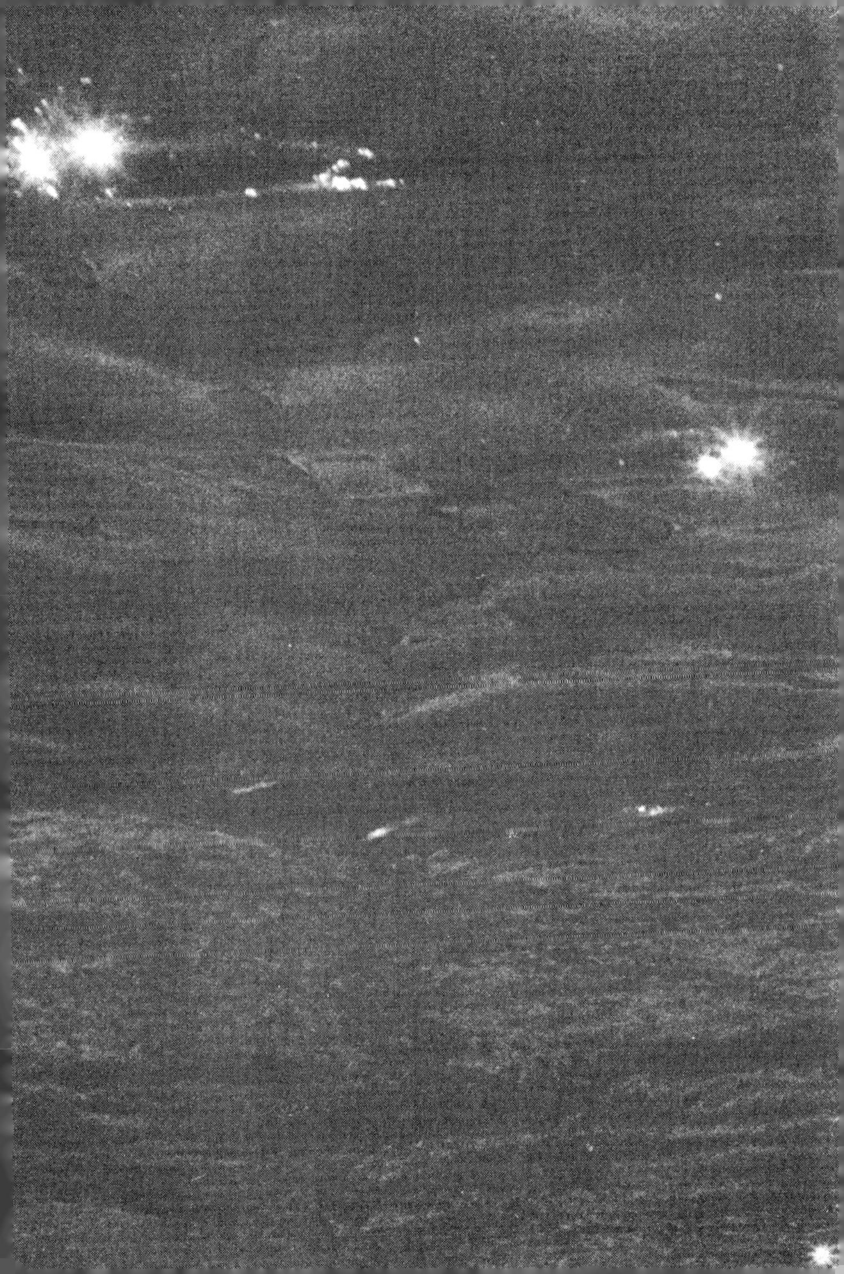

Mondseele

Kleine Schwester von Bruder Sonne
glänzend in weiter Dunkelheit
malst Berge und Täler silbern
und Wellen auf den Wassern auch

Frau der Nacht
Wandelst dich in Perioden, damit Menschen sich jener
Dinge erinnern mögen
Jagst zwischen Wolken
Tanzt auf ruhigen Wassern
Ruhst auf Waldrand
und Berghorizont
Singst sanft Lieder der Stille zum Schweigen des
Weltalls
Fängst Herzen von Vierfüßern ein
und jenen, die mit Vierfüßern durch das Leben
gehen

Halte Herzen meines Volkes sanft

Silberblase, schaust auf Erde und Felder der Erde
gibst stille Kraft den Samen, die sich sehnen
anzuschauen
Bruder Sonne und Frucht auf Erde zu bringen,

Fragst du dich oft, warum der Mensch lebt
und denkt
An den Tod und sich darauf vorbereitet
zu sterben
Anstatt über dem Leben zu beten und sich
vorzubereiten zu leben?

Ist es dies, weshalb du nicht von der Erde fortschaust –
Weil du staunst?

Ewiger Ozean
verehrt dich allein unter allen Sternen
erinnert uns an deine verborgene Macht
und erzählt uns von deinem Platz in aller
Dunkelheit

Eule und Taucher rufen vom Berg
und über tanzenden Wassern von schlafendem See
In Sprachen von allen Ahnen
sprechen sie lange von deiner Schönheit
und sprechen weit in die Nacht hinein von deinem
Anfang
als Mißgeburt-mit-gebrochenen-Handgelenken*
dich eben dort, wo du bist, hintat
vor langer Zeit

Mein Volk weiß, du schaust über Land der Ahnen
hälst Ausschau nach heiligen Feuern
horchst auf Gebete im Schweigen der Herzen
träumst von guten Zeiten für alle Menschen

Wir beobachteten dich, als du schautest über
unsere Ratsversammlung

Mond
sei stets eingedenk, daß wir von deinen
Bewegungen wissen
und daran glauben, daß dein Wandlungsmuster
sich nie wandeln wird
auf unserer Reise durch 's Leben

Mais wird gepflanzt nach deinem Wandel im Glauben,
er wird kräftig wachsen
Gebete werden auf die Dunkelheit gelegt für deine
Ohren allein

Mond wandert mit uns durch Wälder, so wir nicht
allein reisen
Mond schwimmt mit uns über dunkle Wasser
Mond scheint auf Erde, so wir nicht umherirren
macht Ozean atmen
und Sammeln von Meeresnahrung ist gut

Mond
In der Stille deines Herzens
kennst du Geheimnisse unserer Herzen Stille
denn unser Volk hat Rat gehalten mit dir
seit dem Anfang
und wir müssen es, denn für alle Zeiten
reist du mit uns...

*Gestalt aus der Mythologie

Erstes Licht

Anbrechendes Licht – wenn Dunkelheit nicht mehr
dunkel ist auf Horizont
und Koyote spricht letzte Worte für Ohren
der Nacht
und Stille ist über aller Erde
wie Stille ist unter Sternen der Nacht

Silberner Morgenhimmel von Regenbogenrosa
der Sterne vertreibt
zu fernen Plätzen einer größeren Welt

Sanft kommst du wie Träume kleiner Kinder
machst kein Geräusch
wie Licht im Lichte
bringst unsere Augen und Gedanken von der Reise
durch
Himmel aus Dunkelheit
und Dunkelheit aus Himmeln
zeigst uns wieder, daß wir auf Erden wohnen –
jenem kleinen Platz erfüllt mit Zauber
und Wundern

Köstliches Licht über zerklüftetem Welthorizont –
ein Leuchten wie Ratsversammlung von Verstehen
und Weisheit
ein Versprechen, daß Leben für immer sein
wird und

Wissen uns nicht preisgeben wird, auch wenn wir
vergessen, mit Glauben zu wandeln

Weiches Licht strömt durch dichte Macht der Nacht

Für jene, die empfinden, daß Böses in der Dunkelheit
wohnt – bist du Erlöser
Für jene, die Licht als Wissen und Weisheit
empfinden – bist du nur kostbar
...Aber für jene, die empfinden, Dunkelheit ist
sowohl Weisheit wie Licht
und Licht ist sowohl Dunkelheit wie Weisheit
und alles ist Wissen und Verstehen, dem Leben
gegeben durch Glauben
Seid ihr wundervolle Teile zum Zauberpuzzle
des Lebens
das an allen Orten der Dunkelheit und des
Lichtes ist
Glänzendes Gebet von Mutters Licht
über schlummernder Erdenwiege
du bist so schön wie aller Schmerz
und so schmerzensvoll wie alle Schönheit
Lehre uns zu glauben – ebenso wie wir Mais pflanzen
in Erdenfelder und glauben, es wächst
Träume zu pflanzen in Morgenfelder und glauben,
es wächst auch

. . . . . . Weit fort und über Dunkelheit in neues Licht
und vom Berggipfel
wird Stille durchbrochen von der
Herzschlag-Trommel
von Weisheitsucher – Erdenvolk

Frühes Licht
zu allen Zeiten hast du eingefangen
Seelen von Erdenkindern
und hast den Träumen der Alten Lieder gegeben

Frisches Morgendämmern
für alle Zeiten, die du gewesen bist
sind unsere Gebete aus unserem Geist gekommen
und durch Wälder und über dunkle Berge
dahingegangen
zwischen Blüten von Frühlingsbäumen und über
eilende Wasser vom Bergfluß
über Schatten von Tälern und gewandert mit dem
Lied von Nachtvögeln
zu deinem Herzen auf dem Horizont

Auf diese Weise, Erstes Licht
weißt du allein Träume und Geheimnisse von
Erdbewohnern, meinem Volk
Du allein weißt Worte, die über Dunkelheit
hinausreichen
wie Stern, der durch Dunkelheit fällt, lange
und hell aufleuchtet
und stirbt, um mit Dunkelheit Leben zu werden

Erstes Licht
da du unsere Augen wiederbringst
und uns wieder schöne Erde zeigst
strecken sich unsere Seelen und berühren dein
Verstehen

Lebendes Licht
leuchtendes Silber in Dunkelheit,
unsere Seelen werden wieder zu dir singen
von Weisheit, die Nacht uns gegeben hat
in unseren Träumen

Frühes Licht
Horizont meines Volkes
ist auch dein Horizont

So viel wissen wir ist wahr –
daß Wahrheiten für alle Zeiten sein werden, die
Erde sich um Sonne dreht
und wir durch Dunkelheit reisen
und Lieder singen von Licht

Same des Lebens auf Feldern der Dunkelheit – Bruder Sonne

Sonne, schwebend in Dunkelheit
Leben des Morgens
Kraftspender der Erde
und allen Lebens auf der Erde

Gärtner von Samen – und von Träumen gepflanzt in Dunkelheit
Tänzer auf weiter Wüste
Schönheit auf Obstgärten der Erde
Maler von Bäumen und von Regenbögen
Regenmacher, die Felder der Erde bewässernd – Glaube des Lebens

Versorger – Helles Licht von großer Macht
Strahlender Same gesät in Himmelsfeldern, wo
Dunkelheit herrscht
Unser Bruder, Unsere Herzen sehen dich

... verstreust Dichte des Lebens auf Berge und Täler
... tanzt auf Außenmeer und in Kinderaugen
... schaust auf die Erde immerdar mit Augen sanft von Verstehen

Unbekanntes Wunder
durchstößt Nacht und machst unsere Augen
näher schauen auf Erden
damit wir mehr Wunder sehen
und *durch Sehen glauben*

Bruder Sonne
wohnst in warmen Feldern mit Schmetterlingen
und Blumen
und Liedern und Träumen – und Himmel und
Glauben – und Vertrauen

In deinem Rat
Spricht der Fluß mit Geistern und Wäldern und
Vierfüßern und Vögeln
Blumen sprechen zu Bienen, Gräser zu Insekten,
Tau zu Blättern

Auf Sattelberg zeigt glatter See eine andere Welt
wir wissen, See ist schelmisch
denn du, Bruder Sonne, Maler von Herbst und
Sonnenuntergängen, malst auch Welt des Sees an

Jenseits von Big Valley
nehmen Regentropfen und Wolken deine Finger,
um dichten Regenbogen auszubreiten
so Erdenkinder nie vergessen werden
gute Dinge wachsen in Freiheit

Geschenk an Erde und Dunkelheit
im Verstehen von Großem Wunder
Es ist gut, daß du auf uns schaust für alle Zeiten,
denn...

Du bist für Schmetterling, was du für Kinder bist
Du bist für Samen alles, das die zauberische
Wundervolle Dunkelheit nicht ist
Du bist für Erde warmer Kuß von Leben und Liebe
Du bist für Weite ein Teil so groß wie alle Sterne
Mein Volk hat in deiner Helle getanzt und sang Lieder
deiner Liebe
Von all den Sternen der ganzen Dunkelheit,
bist du, Bruder Sonne, am schönsten
für mein Volk – Erdenkinder

Bruder des großen Weltalls
Kämpfer gegen Dunkelheit
Lebensspender auf kleiner Erde
unsere Herzen sehen dich
und Friede wächst wie Blumen in unseren Herzen
und unsere Herzen sind glücklich
denn wir werden stark nach Freiheit zu suchen

Strahlender Geist –
Sei stets eingedenk:
Da ist keiner
dessen Mutter Erde mehr inne sein soll
als dir für alle Zeiten

Tanzender Geist
dein Wunder
legt Lieder von Lerchen auf den Morgen
gibt Süße den Kindertränen
bringt unseren Augen Wunderbares in jedem Gang

bringe uns immer
deine Weisheit und dein Wissen
dein Verstehen und Vertrauen
und erlaube uns nicht zu vergessen:

Du bist kleiner als Dunkelheit – aber stark
wie Glaube
heller als kleiner Mond – und erfüllt mit
ihrem Vertrauen
Ein kleiner Teil eines größeren Wunders –
aber das größte Wunder, das wir haben

*

Willkommen!
Donner und Wolken
und Regen und Stürme und Winterszeit
Mahnung, daß wir nicht
gut genug, schnell genug wachsen, die Sonne
zu allen Zeiten zu sehen

Erde

Mutter Erde – Mutter allen Lebens
Sanft sich drehend um die Sonne
Haltend den Mond
Kleiner Traum fließend irgendwo in
Dunkelheit zwischen Seen von Sternen

Vergebende Mutter
Sieht Menschen im Krieg
Hört Kinder schreien
Leidet schweigend

Wunder das wir erben im Atmen
Wunder das wir erben im Sehen
Wunder das wir erben in Liedern unserer Ahnen

Gebende Mutter – gebend ....
Immer gebend den immer nehmenden Kindern
Lang sind deine Zeiten des Wartens auf Dank

Unschuld über Unschuld
Ruhend, atmend, trauernd...

Der Tag kommt, da irrende Kinder verstehen
werden,
daß die Erde zu lieben das höchste Gut ist, aber

Liebe und Besitz ist nicht dasselbe
Eigentum und Liebe sind verschieden

*

Weisheit suchend sehen wir Erde und Sonne
Jahreszeiten ersinnen
Und sehen Jahreszeiten Leben mit
Frühlingsdämmern ersinnen.

Über Unermeßlichkeit lauschen wir dem
flüsternden All das spricht
Stille Sprachen unserer Ahnen
Träumend von sich wandelnden Jahreszeiten
Für Kinder –
Da gibt es nicht eine Zeit, die einer
anderen Zeit gleicht
Keine Farbe, die irgendeiner anderen Farbe gleicht
Kein Sonnenaufgang, der irgendeiner
anderen aufgehenden Sonne gleicht

Auf erstem Licht sind Lieder von Vögeln
aller Farben
Die von Freiheit singen
Wenn Sonnengeist zu Häupten ist, lauschen wir dem
Schrei des jagenden Rotschwanzfalken
Und unsere Herzen schlagen still im Staunen
Über Abendwäldern, wenn die Sonne sich lang
über atmende Wasser erstreckt
Haubentaucher ruft und
Wieder sehen wir Schönheit und hören das ganze

Verstehen zwischen Natur und Geistern, die
die unschätzbare Natur halten.

Same des Lebens
Gepflanzt vom Großen Geist zwischen
Sonnenflammen
Und ewiger Dunkelheit
Zu wachsen inmitten des Herzens der Natur

Eines Tages werden wir dich lieben
Und verehren
Und verstehen, daß du bist

Die lieblichste Fraue
Eine vollkommene Mutter

Kleine Mutter
Wir sehen deine Wunder der Schönheit
und des Lebens
Und dein Verstehen, das reitet auf Wellen
Des Meeres der Zeit
Und staunen über das Wunder des wir Teil sind

Wir haben Samen in die Erde gepflanzt und das
Leben unserer Kinder nähren sehen
Wir haben silberne Lachse gefangen, die die
Zeiten der Erde auf fallende Wasser tat
Wir haben Nahrung gesammelt von der Erde und
aus der Erde
Und für dies alles
Singen wir Lieder und tanzen wir Tänze

Die unseren Altvorderen gegeben wurden
in der Stille der Nacht
Als der Trommelschlag weit in die Erde und
tief in die Dunkelheit der Nacht reichte

Als Träume sich mit Geistern trafen und
sie eins wurden
Als Dunkelheit sich mit Licht traf und sie
gleichfalls eins wurden in jenem Augenblick

Wir werden nicht vergessen Lieder für
alle Jahreszeiten
die die Erde sich dreht

Und immerdar werden wir uns fragen
Wo die Erde das Leben hernimmt,
das sie immerfort gibt

Herbst

Schwarz die Schatten
    silbern der Mond
        schlafend die Kiefern
            ruhig die Blätter von mächtiger Eiche

Wälzend
    und stürzend
        und rasend
            und heulend
Da-we-wewe (Pit River) erstreitet seinen Weg
zum Meer

Am Mund der gewaltigen Schlucht
    am Da-we-wewe
        wohnen wir
            – wie wir angewiesen wurden vor langem
            als Erde noch ein Traum war unter den
Sternen

Wahrheit bewegt
    im Schein des Mondes
        alter Koyote singt
        altes Lied für
        alte Sterne im
        alten Meer der Zeit

Do-se (Hirsch) geht weich
    Schatten unter Schatten
        sich nährend von Schatten
            in Wiesenschatten
                auf Schatten lauschend

Schwankend im Baumwipfel
    Falke flattert
        ... dann
            erwartet erstes Licht
                Ausschau haltend

Erde
    als Mutter in einem Traum
        erwachend

Mond schlüpft durch Bäume
    staunend
        zu Silberland von eigener Farbe

Große Macht rührt Weltall mit einem Gedanken
    sanft singend

Nur Schweigen kann hören
    Lieder der Neuschöpfung

... Schweigen und
    das Träumen des ungezähmten Geistes

25. Dezember 1985

Zwischenbemerkung:
Über das Lesen dieser Gedichte

Bei der Übersetzung wurde versucht, möglichst eng bei der Sprache des Autors zu bleiben. So fehlen vielfach die Artikel, die Sprache wirkt manchmal gebrochen und ungewohnt.

Wir müssen berücksichtigen, daß der Autor im Denken seines Herzens in seiner Muttersprache, einer *indianischen* Sprache, verwurzelt ist. Die Sprache seines Herzens faßt er im Dichten in englische Worte, schon das eine »Über-setzung«.

Die Leserin/der Leser tun gut daran, zu versuchen, die Schriftzeichen dieses Buches wieder zurückzuübersetzen – in die Sprache *ihres* Herzens. Ein Mittel, dies zu tun, ist, die Worte zu verlebendigen durch *lautes* Lesen, wiederholtes lautes Lesen; dabei die Betonungen zu verändern, den Rhythmus der Sprache und ihr Eigenleben zu entdecken. Wenn du den Widerhall in deinem Herzen spürst, kannst du noch einen Schritt weitergehen.

Die bisherigen Gedichte vor allem sind Gebete, Huldigungen, Anrufungen – sie rufen danach *gehört* zu werden. Sprich eines oder zwei von ihnen abends am Lagerfeuer oder bei Sonnenaufgang zur Morgenfeier, wenn du das Gefühl hast, deine Zuhörer sind offen für diese Ansprache. Sprich langsam, denke an die Pausen, die diese Gedichte brauchen, damit sie nachklingen können.

Du wirst entdecken, welche Kraft in diesen Worten steckt, wenn du sie auf solche Art, unterstützt von dem Eindruck der Natur, zu Leben erweckst. Eine weitere Verstärkung können die Gedichte noch erfahren, wenn aus kleiner Entfernung unsichtbar eine Flöte oder eine Trommel ertönt. Darryl Wilson hat seine Gedichte des öfteren auf solche Weise vorgetragen und einen tiefen Eindruck damit gemacht.

Diese Gedichte sind nicht wie Radiohören, leicht konsumierbar, schnell verbraucht. Du wirst – wenn du dir die Zeit nimmst, auf sie einzugehen – merken, daß sie feine Saiten in dir anklingen lassen, die dir vielleicht bisher garnicht bekannt waren.

Wie du immer wieder gern an *deine* Stelle am Fluß oder an *deinen* Baum gehst, um Ruhe und Klarheit zu finden, so gehe ruhig immer wieder in diese Gedichte. Denn auch sie sind nie langweilig, werden nicht abgenutzt, sondern gewinnen durch wiederholten Gebrauch an Kraft – woran du siehst, daß sie lebendig sind.

Andreas Lentz

Heldengedenktag 1970

Hört! ... die schlagenden Trommeln der sich sammelnden Nationen

In den bewegenden Winden des frühen Morgens, bei der Ankunft des ersten Lichtes, lauschten unsere Herzen auf das sanfte Donnern der sich sammelnden Nationen.

Großer Geist, der den Adlerflug macht und die Wolken den Wald und die Berge bedecken und den Lachs zu den donnernden Wassern zurückkehren läßt, spricht zu vielen Herzen. Die Zeit ist reif, gleich wie die Erde reif ist im Frühling, alle Völker zu versammeln.

Im Schatten der herabhängenden Zweige der Trauerweide sprach Großvater aller Indianer:

»Die Zeit jetzt ist wie die Zeit vor langem
als wir uns versammelten im friedlichen Tal
um uns auf die Jagd vorzubereiten
Das Land war jung
Auf einem kleinen Berg stehend
konnten die Augen Ströme aus Büffeln sehen
überall auf dem weiten Gold des Graslandes
Das Herz kannte viel Erregung

In der Dunkelheit des Abends wurden
Pfeilspitzen gemacht
Beim Licht des sprechenden Feuers
das tanzte in der Dunkelheit des Tipis

die Lanze wurde geschärft
Messer wurden geschliffen
Bögen wurden auf ihre Festigkeit geprüft

Während der Nacht wurde viel getanzt
und viel gesprochen vom Herzen zum
Großen Geist

Bis zum ersten Licht gab es viel Erregung
Und die Erregung wuchs als die Sonne
über die Berge kam
und auf die Leute schaute, die im Tal versammelt
waren

Das Pony war bereit
Bald stiegen wir auf und bewegten uns hinaus
zum schwarzen Büffel
Die Jagd war gut
Pfeile kamen zurück
Und Großartiges Essen dauerte viele Sonnen lang

Das war vor langem
Das ist, was mein Herz erinnerte
Mein Herz dachte, daß die Zeiten der Erregung
für immer verloren wären

Meine Augen sind trübe
Mein Herz ist alt
...Aber mein Herz ist erregt wie vor der Jagd
Denn die Zeit ist gut
Das Land wird wieder dem Indianer gehören
genau wie es vor langem war

Ich bin bereit
Ich werde meinem Volk beistehen!
Ich werde auf Indianerland wandern
Ich werde über das Tal gleiten
    wie der Schatten des Adlers
    auf meinem Pony
Auf meinem Land werde ich
    wieder
    ein Indianer sein!«

Sonnengott blickte kraftvoll auf das Land, als Großvater aufhörte zu sprechen. Der Schatten war gut. Auf Indianerart warteten wir, daß Großvater sprechen würde. Er war still…

Aber sein Herz schlug wie Leben auf der Erde. Sein Herz lauschte auf das Sammeln der Nationen. Sein Herz lauschte auf den Donner von Tausenden rennender Büffel. Und sein Herz hörte den weichen Mokassin über das Indianerland gehen… das Wildleder, den Indianergeist, die Erde – wiederum.

…Und Großvaters Empfindungen waren auch in unseren Herzen!

20. August 1970

DER EINZIGE NIE GEBROCHENE VERTRAG

Es gibt ein Land im Nordosten Kaliforniens direkt südlich von Oregon, das immer meinem Volk gehört hat, dem Stamm der Pit River. Es umfaßt 3 386 000 acres (etwa 1,36 Mio. ha). Die Ecksteine sind: Mt. Shasta bis Mt. Lassen, im Osten bis Eagle Lake, auf der Warner Range zum Goose Lake, dann zurück zum Mt. Shasta.

Im Jahre 1853 autorisierte der Kongress den Staat Kalifornien, Verträge mit den Indianern abzuschließen. Die US-Verfassung besagt, daß dies der einzige Weg sei, um Indianerland in Besitz zu nehmen. Es gab achtzehn oder neunzehn Verträge, die mit den Eingeborenen verhandelt wurden, aber keiner von diesen wurde ratifiziert.

Der indianische Titel wurde nicht entsprechend der vom Kongress beauftragten »Indian Claims Commission« auf die US-Regierung übertragen. Die US-Verfassung erklärt im 5. Zusatzartikel, daß Land nicht in Besitz genommen werden soll ohne: den entsprechenden Rechtsweg, gerechten Ausgleich, Einverständnis.

Die Pit Rivers haben 45 Jahre lang vor Gerichten gekämpft. Die Gerichte hören nicht auf die Indianer oder auf die US-Verfassung. Der Stamm hat entschieden, daß es zwecklos ist.

Ein junger Indianer spricht aus dem Gefängnis. Es ist kalt in der Zelle. 50 Indianer sind im Gefängnis, weil der Sheriff und der Staatsanwalt sie auf Anordnung der Pacific Gas and Electric Company festgenommen haben. Der Vorwurf: Unbefugtes Betreten.

Indianer verstehen nicht, wie es möglich ist, Indianerland »unbefugt zu betreten«...

Der einzige nie gebrochene Vertrag

Großer Geist, höre den Ruf des Indianischen Herzens
im Steinhaus dunkel und kalt,
Wir wollen das Land und laßt uns allein,
sie nahmen es, denn sie wollten das Gold,

Gold wurde genommen von den bösen Weißen
aus den Strömen, die Pit River speisen,
Jetzt bieten sie Papiergeld für all unser Land,
nennen uns dann »Indian giver«,

Ich blicke durch ein Fenster
durchkreuzt von hartem, kalten Stahl
's ist Sonnenuntergang und der Koyote klagt
und weiß wie in meinem Herzen ich wirklich fühle

Meine Seele schaut hinab auf Indianerland
und zwei kleine unkrautbewachsene Gräber,
Auf Mutter und Vater, die versuchten
gutherzige Indianerkrieger großzuziehen

Und ich erinnere mich an Vaters Worte:

Mein Sohn
Sei dir stets eingedenk, daß der Weiße Mann
So lange die Jahreszeiten sich wandeln
Ein Papier mit unserem Volk nicht achten wird –
Denn es gibt keine Achtung im weißen Herzen

Verträge sind gemacht worden
und wurden gebrochen, bevor sie unterzeichnet waren
Die sprechende Seite ist niemals gut gewesen für
den Indianer
... sondern nur für den Weißen

Es gibt nur ein Gesetz, das nicht gebrochen worden ist
Es ist von Pit River
Denn das Gesetz wurde nie von den Weißen
geschrieben
Es ist geschrieben in den Winden
und in den Herzen unseres Volkes
und in den Jahreszeiten
und in all den Regenbögen, die Big Valley
überspannen
Und darum gibt es mit dem Pit River keinen
gebrochenen Vertrag
Vergiß das nicht

Ich muß zurück zu dem Land, das ich liebe
den Bergen, dem Fluß, der Ebene
Um mit den Geistern im Einklang zu leben
um das Land wieder zu beschützen,

Die Alten glaubten es gäbe Papiere, besiegelt
und unterschrieben von eines Weißen
Mannes Hand,
Aber es gibt keinen Vertrag, durch
»Indianischen Titel«
ist es noch Pit River Land,

Denn ein Indianer verkauft nicht die Mutter,
die er liebt
die Mutter, die ihm Leben gibt,
Ebensowenig wie er seinen einzigen Sohn verkauft,
oder die Seele seiner empfindsamen Frau

In den Schulen habe ich deine Geschichtsbücher
gelesen
die sprechen nur von Verwirrung und von Lügen
Pit River wird nur meinem Volk gehören
solange die Schneegänse fliegen

Der Weiße Mann hat viele tausend Bücher
geschrieben
um das Land als das Seine auszuweisen
Aber für alle Zeit war mein Volk hier,
das ist bewiesen durch unsere alten Knochen,

*

Herr Wärter, bring den Schlüssel zu diesem
Koyotenloch
es ist kalt, unfreundlich und dunkel

Laß mich zu dem Ort gehen, wo die Sonne warm scheint
und wo die Lerche singt,

Ich muß zurück zu dem Land, das ich liebe
zu den Ufern des großen Pit River
Zum Schlagen der Trommeln und dem Aufspeeren von Fischen
und dem Braten der Rehbockleber

Und dort will ich leben, während um mich her
der große und offene Himmel ist
Die frische Luft durch mein dichtes schwarzes Haar streicht
und dort ist es, wo ich sterbe

Mit einem Gewehr in meiner Hand und mein Antlitz dem Himmel zugewandt
und die Sonne um mich dicht und dünn
Der einzige Vertrag, der nicht gebrochen von der grausamen weißen Hand
ist der Pit Rivers, geschrieben in den Wind...

Friedensbäume

UNCHE Alternativ-Versammlung
Schweden, Sommer 1972

Stockholm, ich träumte lang von dir
Wohnst an den lachenden Wassern
Skandinavien – das Land meiner Märchen

Skandinavien – das Land, das meine Gedanken
einfing
vor langer Zeit, als ich träumte
du hast Kinder aus feurigem Mut
unter euch wohnen

Ich weiß, denn ich habe in ihre Augen gesehen
das Feuer, das in ihren Herzen lebt

...Aber viele Tage lang sprach die Gliederpuppe
öfter zu meinen Ohren
als die Leute
Und viele Tage lang hörte die Gliederpuppe
die Botschaft an, die ich zu diesen Küsten brachte
Oft blickte die Gliederpuppe mit glücklichen
Augen auf
die Welt
und dieses Glück war nicht

in den Augen der Leute
Es ist traurig, leere Augen zu sehen
Es ist traurig, die Augen nicht lächeln zu sehen –
denn das Herz kann nicht lächeln wenn die
Augen nicht leuchten

Stockholm, ich sprach zu einem deiner Kinder
von dieser Leere:

»Woher kommt es, daß die Leute in diesem Land
unglücklich zu sein scheinen,
ihre Augen leuchten nicht
ihr Herz tanzt nicht
sie lächeln nicht?«

»Sie sind eingewickelt in eine Decke,
eine Decke aus Sicherheit.
Deshalb lächeln sie nicht«

Wer wickelte sie in diese Decke?«

»Der Staat. Der Staat
und die Stadt«

»Dann sind die Leute nicht eingewickelt, sie sind
beraubt worden!
Es ist ein Verbrechen an ihnen begangen worden.
Ein Diebstahl«

*

Als die wenigen Sterne über den dunklen
Himmel schauten
Dachte ich lange an die Worte
Und schaute wieder in die
Augen von Stockholm
Und ich blickte wieder in die
Augen der Gliederpuppe...

Viele von euch sind beraubt worden.
Ein Verbrechen ist an euch begangen worden –

Dann fastete ich einen Tag
und betete darum, daß jemand
mit glänzenden Augen und einem lebendigen
Lächeln kommen möge
mit Feuer im Herzen
und Hüpfen und Tanzen in den Augen

Dies fand ich viel in Finnland
und ich fand so viel mehr in Dänemark
Dann fand ich es in Stockholm

Mein Herz tanzte
weil es nur eines Menschen bedarf
mit Feuer, um den Großen Kreis zu vollenden
der die Welt trägt

Du bist jetzt in dem Kreis
Stockholm
Und du mußt dich nicht fürchten
Lächle deinen Nachbarn und alle Kinder an

Schaue
mit sehenden Augen
und du wirst eine Welt aus Wundern finden
und du kannst anfangen, Regenbögen zu bauen
Einen Regenbogen aus Wahrheit
aus Revolution
aus Freiheit
aus Wissen
aus Vertrauen
Denn dies ist der kreisförmige Pfad des Friedens
Und wir müssen ihn größer machen
Und wenn du den Großen Kreis nicht gehen kannst
dann tanze
Wenn du den Kreis nicht tanzen kannst
dann singe

Du kannst
Wenn dein Herz rein ist
An den Großen Kreis denken
und im Denken wirst du ein Teil des Großen Regenbogens
Und du wirst ein Teil der Sonne
Und ein Teil der Dunkelheit
Und Teil der tausend Sonnen
der tausend Welten

Und um dich an die Schönheit des Kreises zu erinnern
so du niemals vergessen wirst
daß die Geister uns zu diesem Land führten mit einer Botschaft
Haben wir Weisung, bei euch zurückzulassen

etwas Leben
Leben und Weisen zum Leben

Ihr werdet niemals die vier Richtungen vergessen
Und ihr werdet niemals die vier Jahreszeiten vergessen
dies ist eine wunderbare Sache, ihrer inne zu sein
denn sie sind der Herzschlag des Großen Kreises

In Vatislunden (einem Park in Stockholm)
pflanzen wir vier Bäume
Einen für Freiheit
denn die Leute müssen den Herzschlag
der Welt verändern, damit er etwas Gutes wird
und dies darf nicht mit Furcht geschehen
und habe keine Angst »Revolution« zu sagen

Einen für Wissen
und Weisheit
gegeben unseren Ältesten
und du wirst wissen, wo dies herkommt
und du kannst gehen und es für deine Kinder holen

Einen für Vertrauen
so du Vertrauen haben wirst in Freiheit
und Verstehen
und Revolution

Einen für Wahrheit – und Schweigen und
Einsamkeit und Hunger
so wirst du nie allein gehen
und du wirst nach Wissen hungern
und in der Stille wirst du Wahrheit finden

Schweigen ist die Sprache, gesprochen
    auf dem Großen Rat
    wenn wir im Kreis sitzen
    um ein Feuer größer als unsere Sonne

Das ist, was wir bei euch zurücklassen
    und in unserem Geben
    erhalten wir auch eine Große Güte
        aus Stille und Sonnenschein

Stockholm,
Lang ist uns're Reise zu unserem Heimatland
    jenseits der großen Salzwasser

Wir müssen gehen

Und wenn wir gehen
Gehen wir sanft auf Mutter Erde
Wir bitten, daß auch ihr dies immerdar tut
Unsere Herzen lächeln, da wir euch nicht
    alleinlassen

Frieden und Freundschaft

Ein Schmetterling im Fluge
    ist Frieden in Bewegung

Ein Schmetterling nicht im Fluge
    ist Freundschaft auf Rast

Vorher der Weiße Mann
    sprach von
    Frieden und Freundschaft
        als ein Einhalten der Gewehre

...während mein Volk lauschte
    der Musik des Schmetterlings
    und seinem Flüstern zu den Blumen

Jetzt
Wenn wir von Frieden und Freundschaft sprechen
    laßt uns an den Schmetterling denken

Erinnerung an Larsac
Erinnerung an Marie Claude

Larsac, ich wanderte mit den Geistern deines Landes,
In der Sanftheit deines schimmernden Silbermondes.
Ich lauschte den Liedern deiner Vorfahren,
Die über die Schatten deiner Hochebene
Kraftvoll von jenseits allerältester Zeit klangen
Und auf den befiederten Schwingen der Winde ritten,
Die über deine kleinen bescheidenen Häuser
dahinstreichen.

– Liebes Larsac –
Hoch über den erschreckten Städten
Schaust du herab wie viele Adler,
– Larsac, du mußt sie verteidigen,
Die am Fuße deiner Klippe kauern.

In der sanften Glut deines Sonnenlichtes
Rauchte ich die Pfeife mit etwas Tabak,
Gesammelt von den vielen Occatainbäumen,
Und lange, lange, lange träumte ich von der Zeit,
Wo deine Hochebene schwarz von Wäldern war,
Wo viele Vögel waren, die süß sangen,
Und der Büffel leise brüllte und durch die Felder
wanderte.

Ja, deine Großmutter erinnerte sich schnell,
Wie ihre Brüder jagen gingen,
um jeden Tag das Fleisch auf den Tisch zu bringen.
Daran mußt du sie erinnern, Marie Claude!
Jeder Felsen in deinem Heimatland,
Jedes Blättchen Gras auf der Ebene,
Jedes Stück vom ältesten Staub Larsacs
Wurde für dich und dein Volk geschaffen,
Mit aller Liebe, die es gibt.

Sie setzte die Erde gerade so nahe genug an die Sonne
Und drehte sie langsam und wandelte
die Jahreszeiten, bis:

Nun nichts von größerem Wert ist als Larsac.
Larsac erinnert alle Menschen!

Die Welt braucht viel Erinnerung
An die Schönheit des Lebens
Und an Leben, das die Verteidigung alter, ererbter
Wunderländer gebiert,
Wo Geister im Sonnenlicht tanzen,
Wo Kinder im Sonnelicht lachen,
Wo Liebe für die Erde überall ist – und Güte.

Da ich unter deinen Menschen wanderte,
War ich wie ein kleiner Stein,
Der schweigend vor den Bergen Larsacs stand.
Aber mein Volk sandte mich zu dir,
Damit ich mich lange daran erinnern sollte, daß
unsere Erden dieselben sind, –
Nur die Regierungen sind es nicht.

So höre, kleines Larsac, von meinem Volke
Und von meiner an Weisheit reichen Großmutter,
Diese Worte, die sie sprach, als sie unter den
Sternen stand

»... Was auch immer jemand sagen mag,
vergiß niemals,
Daß nicht die Erde den Menschen gehört, ...
Denke gründlich nach, und auch du wirst verstehen,
Daß die Menschen zur Erde gehören.«

Das ist eine Wahrheit,
an die sich alle Menschen erinnern müssen.

Ich aß von dem getöten Lamm,
Das über der offenen Flamme geopfert wurde,
Unter eurer Sonne und in eurem Wind.
Ich traf dich und deine Geister,
Wandernd unter einem heiligen Regenbogen,
Als wir den Wein tranken,
Der unter deiner Obhut süßer geworden war.

Und der Geist tanzte frei noch in meinem
klopfenden Herzen,
Und jener tanzende, fließende, singende Geist
rastete nicht.

Wie sich die Blätter des Grases in der Prärie
Unter den sanften Winden des Landes Larsac
beugten,
Gab mir deine Großmutter Brot aus deinen Öfen,
Bedeckt mit Eingemachtem, von ihrer Hand bereitet.
Das erinnerte mich an die Arbeit und Liebe meiner
Großmutter,
Und ich sagte:
»Das schmeckt, als käme es aus dem Pit-River-Land.«
Deine Großmutter sagte: »Dann muß dein Land
mein Land sein.«

Und Larsac: ich wußte, daß du dies wußtest.
So sage allen Menschen, Marie Claude:
»Bescheidene Menschen leben auf diesem
Prächtigen kleinen Flecken der Erde;
Darum werden deine Menschen auf immer das Recht
Und einen Ort zum Träumen haben.

Halte das Land, mein kleines Larsac,
Denn wir haben eine Freundschaftsbrücke errichtet,
Die von den Ufern des Pit Rivers zu deiner
Hochebene reicht.
Träume von Freiheit, sprich von Freiheit,
Kämpfe für die Freiheit, singe von Freiheit,
an jedem Tag.

Denn die Zeit wird nie kommen,
Da irgendeine Regierung irgendwo vermerken wird,
Daß sich das Pit-River-Land
Oder das Land von Larsac ergeben haben – niemals!

So erinnere die Welt, Larsac, –
Erinnere sie, Marie Claude.

Übersetzung: Waltraud Wagner

Dieses Gedicht entstand 1973 bei einem Besuch des Autors von Larsac (Frankreich), wo die Einheimischen sich gegen ein Militärgelände wehrten.

Einige
Große Flüsse
»beider Amerikas«

Koyukuk
Yukon
Porcupine
Sanke
Colombia
Yellowstone
Powder
Missouri
Mississippi
Cheyenne
Platte
Klamath
Timbigvee
Potomac
Peace
Athabasca
Dubawna
Saskatchewan
Nottaway
Manicougan
Grande
Yaki
Santiago
Cochos
Orinoco

Apaporis
Branco
Negro
Amazonas
Napo
Ucayali
Sao Francisco
Parana
Salado
Chico
Pit

Redding, Kalifornien, 1971

Danell R. Garcia (Pit River-Paiute)
versuchte ihren ersten Korb

Jerry Royball (Apache) erzählte eine
Geschichte von einem Korb

Ich machte die Geschichte aus einem
Traum – kurz danach

Friedenskorb

In Zeit der Sonne
  Frühdunst
    Lagererwachen
Da war Frau
  traurig
    müde vor Sorgen

Sorgen zeichneten ihr Gesicht mit tiefen Schatten
Da war viel Seelenqual in ihr

Sie wollte nicht davon sprechen

Das Dorf wußte, da war Galle
  zwischen ihr und ihrem Bruder

Da war Wundheit gezackt wie zerbrochener
Feuerstein

Es war bitter
wuchs viele Zeiten

Da war keine Medizin, die die Leute tun konnten,
um ihnen
eine Nähe zu bringen
...denn ihnen war eine Wunde ihrer Seelen

Zeiten wandelten sich vom Sommer
Großer Geist malte Blätter des Waldes leuchtend
doch Frieden war nicht bekannt ihren
Wohnstätten

Als Blätter tanzten im Winterwind
und Berggipfel durch Schneedecken atmeten
war kein Friede

Als Schnee schmolz
zum großen Meer tanzend
und Mond und Sonne sanft über Welt sprachen
von einer guten Zeit, die herankam
und Gänse flogen hoch im Blau
der Welt und allem Leben zurufend
war Friede ein Fremder unter ihnen

So war es
...Frau suchte in sich selbst...

Ihre Nächte waren ohne Schlaf
    ihre Tage waren Pein

Ihre Welt verwandelte sich in einen grauen Kokon

Schnell wurde sie alt

Bruder wandelte in einem schwarzen Schatten wann
    immer sie in der Nähe war

Es schien, da war kein Weg für Freundschaft
    mit ihnen Hand und Hand zu reisen
        wie es war in den Tagen ihrer lachenden Jugend

Als es schien, daß es keinen »Weg« gab
    gut zu ihrem Bruder zu sein
In der Zeit als sie schwächer wurde
Hatte sie einen wunderbaren Traum, der sprach:

»Mach einen Korb«

»Einen Korb machen?«
    fragte sie Traum...

Wieder:
    »Sammle Wurzeln von gewaltiger Kiefer und
        schäle sie
        und winde sie zu Schnur
    Geh an rauschende Wasser und suche junge
        Weide aus
        für Stäbe

Nimm Rinde von Espe für Muster
Sammle diese Dinge in der Zeit vor Winter
nachdem Blätter vom Baum gefallen sind
Wenn du sammelst
hier ist das Lied, das du immer singen mußt:

(Lied kann nicht vor geeigneter Zeit enthüllt werden)

»Nach dem Sammeln
häng alles zum Trocknen übers Feuer nahe
am Giebel
Hör nicht auf zu singen
Wenn du tagsüber über Welt gehst
wenn du träumst, wenn Sterne tanzen
denke an den Frieden und die Freundschaft
die
dir und deinem Volk eigen sein werden
wenn Korb vollendet ist«

Sie gehorchte Traum

Zeit kam für sie mit dem Flechten zu beginnen
Ihr Herz wuchs mit jedem Sonnenaufgang
Nacht
als sie einschlief
»Friede und Freundschaft« denkend
da tanzte vor ihrem inneren Auge
Muster, in diesen bescheidenen Korb
einzuflechten

Mit neuem Glück arbeitete ihr Herz
Bruder betrachtete sie mit dunkler Neugier
Von ihrer Wohnstatt
lernten Leute dieses schöne Lied, das sich nie änderte
Wenn sie angesprochen wurde, was sie mache
sagte sie
»...einen Korb«

Sie fingen an zu denken, daß sie wieder in ihre Kindheit hineinwuchs
und dachten, sie spreche Wahrheiten
und tue das, was im Einklang war
aus bloßem Zufall

Sie sang
Korb wuchs
Sie fragte sich:
»Wenn ich diesen Korb meinem Bruder gebe
wird alles gut sein zwischen uns...«
Sie summte kleines Lied, das flocht seinen Weg
um und durch Wohnstätten des Dorfes
ebenso wie Schnur sich um Muster des Korbes
wickelte
Feuer tanzte eines nachts
Sie beschaute in Muster gebrachte Liebe
Seele wurde sehr groß und warm

...ein Korb »gegeben« in einem Traum bringt immerwährenden Frieden
ihr selbst und Bruder und Menschen

Korb würde nächste Sonne fertig werden!

Sie lächelte ein wunderschönes Lächeln
...und schlief

Als sie atmete in stiller Nacht
    und letzter Funke Feuer verließ
    und Dorf war tief in Träumen
Da kam ein Gesicht zu ihr
Eine friedvoll dröhnende Stimme befahl:

»Setze Korb auf rauschende Wasser des Flusses«

Erschrocken!
Erwachte sie sich fragend
    »Ist dies ein Traum?
    Ist dies eine Botschaft?
    ...aber... wenn ich ihn auf Wasser des Flusses
setze
        wird er schnell verschwinden zum offenen
        Meer!«

Es dauerte lange bis Schlaf in sie hineinkroch
    um sich wieder wie ein kleiner weicher Nerz
einzurollen...

Wieder!
    ein klares Gesicht
    eine befehlende Stimme:

»Setze Korb auf Wasser des Flusses
Um Friede und Freundschaft zu haben, muß
zuerst Vertrauen da sein
Vor Vertrauen muß Zuversicht da sein
Vor Zuversicht muß ein *Wissen* da sein, daß es
  Friede und Freundschaft gibt
Singe Lied
Nähre Feuer mit Holz von Baumästen
  die die Erde noch nicht berührt haben
Laß Feuer nicht ausgehen«

Befremdet!
...Aber als sie wieder Worten der Außenwelt zuhörte
  und mit ihrer Seele aufnahm
Begann sie die Tiefe der Zuversicht zu ermessen,
  derer es bedürfte
  um immerwährenden Frieden zu haben

...Erstes Licht
Lied flutete über das Dorf
  über rauschende Flußwasser
  Über Land und um die Welt

Sie beendete Korb und setzte ihn mit Zögern
  und Behutsamkeit
  auf Flußwasser

Ihr Volk beobachtete, wie er von der Strömung
  erfaßt wurde
Sie standen still
Korb bog um ferne Biegung

Ihre Herzen waren traurig um ihrer Schwester willen
die ihren Korb auf Wassern verlor
Sie fragten sich, warum es keinen tapferen Krieger
gab, der versuchte, ihn zu retten
...Niemand außer ihr wußte, daß dies nicht getan
werden konnte

Sie kehrte zum Dorf zurück
Sie sammelte Holz von Baumästen
Sie sang
...viele Jahreszeiten lang...

Schlafend
ein Gesicht blitzte durch ihren Traum
eine befehlende Stimme:

»Kleine Schwester
Wenn Korb, den du machtest mit Traum
und Lied
Küsten von Ländern der Welt berührt
wird er Frieden dort hinbringen
Korb wird reisen durch von Menschheit
gemachtem Aufruhr
Wenn Korb Frieden überbracht hat in jedes
Land
wird er zu deinen Händen zurückkehren
indem er Fluß heraufkommt zum Platz, wo
du ihn gesetzt hast
auf seine Bestimmung aus Frieden und
Freundschaft
Laß Feuer nicht ausgehen
Höre nicht auf zu singen

Wenn Korb zurückkehrt
nimm ihn zu deinem Bruder und sprich:

›Bruder meiner Seele
dies ist für dich
Er hat die ganze Welt bereist und hat
gebracht
Frieden zu allen Landen
Ich machte ihn für dich aus einem Traum,
der mir von den Mächten gegeben
Laß dies ein Sinnbild sein von meinem
Zutrauen in Großen Schöpfer
allen Lebens
daß es immerwährenden Frieden
zwischen uns geben kann.‹

und zu deinem Volk dort versammelt und
beobachtend
wie Korb sich vom offenen Meer den Fluß
hinaufbewegt zu deinen
Händen
sprich:

›Mein Volk
erinnert ihr euch des Liedes, das die Geister
mich lehrten
und das ich euch gab?
Laßt dies eine Lehre sein
daß wir ein Volk des Friedens sind
und friedvolle Träume zu träumen haben
–
Allem anderen dürfen wir nicht gestatten,
unsere Seele zu behindern.‹«

Teil II

Entschädigung?

Amerika
Wenn du gezwungen bist
Wenn du bereit bist, den eingeborenen Völkern
zurückzuzahlen
für dein über uns gebrachtes Verderben
Womit hast du die Absicht uns zu bezahlen?

Wie leistest du Entschädigung
Wenn du alles, das du besitzt
von uns genommen hast?

Wenn die Zeit kommt für dich, dich selbst zu prüfen
Zu sehen, was du hast
Von Wert
Du wirst sehen, daß alles, was du hast
Dir nicht gehört
...sondern meinem Volk weggenommen wurde

Es ist wahr, daß viele von euch
viel Land gekauft haben
von einander
...aber das Land gehört meinem Volk

Es ist wahr, daß viele von euch
viele Gegenstände, die ihr habt
von einander gekauft haben
...aber die Gegenstände sind vom Land meines
Volkes gekommen

Es ist wahr, daß du geschrieben hast
Viele Gesetze, die erklären
Daß das Land dein ist
Und alle darin gefundenen Bodenschätze
...aber deine Gesetze sind Hohn auf die Gerechtigkeit
...und was immer du hast, gehört doch meinem Volk

Amerika
Was willst du zurückzahlen
Wenn du nichts hast
Und lebst auf dem Land meines Volkes
Und du bist unerwünscht überall in der Welt?

Pit River Land
Eine Fortsetzung ohne Anfang

Nicht lange nach dem Modoc-Krieg von 1872–1873 wurden die Pit River Leute zusammengetrieben wie Kaninchen bei einer Treibjagd und an verschiedene Orte verbracht. Einige gingen zur Klamath-Reservation in Oregon, einige zum Round Valley bei Covelo, einige nach Eureka, wo sie an Bord eines Schiffes gingen, nachdem ihnen vielmals versichert worden war, daß sie in ein Land transportiert werden würden, wo es kein Morden und keine Weißen mit Gewehren geben würde. Sie glaubten, daß es in dem Land, für das sie bestimmt waren, keine Weißen geben würde. Viele waren froh, wegzukommen, glücklich, der »Zivilisation« zu entrinnen.

Der Plan der US-Regierung war, sie hinaus auf das Meer zu bringen und dann über Bord zu werfen. Der Plan klappte in fast jedem Fall. Außer den allerstärksten der bereits reisemüden Menschen ertranken alle beim Versuch, an der Küste oder auf einem Felsen oder einem Stuck Treibgut in der Dunkelheit Rettung zu finden.

Aus dieser Saga entstand die Geschichte von »Ishi« und es gab auch eine merkwürdige und schreckliche Enthüllung, die keine Publizität und Anerkennung fand. Die Indianer vom Round Valley blieben dort. Die wenigen, die nach 1873 nach Klamath zurückkehrten, blieben in Klamath. Jene, die den Tiefen des Meeres übergeben wurden, blieben dort...

Aber jene einsamen Seelen, die zu einem Pit-River-Zug der Tränen zu einem sehr weit entfernten Ort namens Oklahoma, Indianerland, mitgenommen wurden, kehrten nach ihrer Freilassung aus der Gefangenschaft 1906 zum Land ihrer Ahnen am Pit River zurück.

Aus ihren kriegerischen Begegnungen trugen die Leute Narben, und an Häupten war die Zahl der Verwundeten viel größer als die Opfer anderer Kriege, mit denen andere Völker zu anderen Zeiten der amerikanischen Geschichte überzogen wurden. Da waren die körperlich Verwundeten, die geistig Gezeichneten, die seelisch Gefolterten, die Blicklosen, die von all diesen Greueln betroffen und gleichzeitig von fremden Krankheiten befallen waren. Die zusammengewürfelten, vernarbten und erschöpften und hungrigen, einsamen und wagemutigen Leute wandten ihre Gesichter der untergehenden Sonne zu, und vom Oklahoma-Land begann die Wanderung von tausend Tagen und tausend Hindernissen, von tausend Träumen und zweitausend Meilen.

Durch eine Art Instinkt geführt wanderten und schleppten sich und stolperten die Leute über die trocknen Lande von Oklahoma, durch die Staubstürme der Cherokee, der Choktaw, der Chickasaw; über das Land der Sioux und Schwarzfuß; nach Dakota, fort von der aufgehenden Sonne, zur untergehenden Sonne wandernd und während der heißen Zeiten rastend; über die Salzflächen von Utah, manchmal nahe daran, das Bedürfnis nach Pit River zurückzukehren, aufzugeben. Sie zogen nach Nevada und die langsam vorankommenden und vom Willen getriebenen Leute, zerlumpt und zerfetzt, manche blind und fast alle lahm, zogen sich am Osthang der Sierra Nevada empor, und – als sie fast am völligen Zusammenbruch waren – blickten sie über die

Sierra Nevada auf das Pit River Land und sie waren von Glück überwältigt.

Sie waren großartige Leute. Es gibt in der ganzen Geschichte keine großartigeren. Es gibt keine heldenhafteren. Es gibt keine, die so wenige waren und ein so starkes Band, das sie zusammenhielt, hatten, so daß die US-Regierung, mit ihrer ganzen überlegenen Feuerkraft und Irreführung, den Stolz und den Geist nicht zuschanden machen konnte.

Vor ihnen lag die Erde. Still im Morgenlicht. Hinter ihnen lag der lange Weg. Das Pit River Land, das Land ihrer Großväter, lag in Erwartung des zurückkehrenden Volkes. Sie gingen in das Gebiet wohl wissend, daß jeder Schritt den Tod durch das Gewehr eines Ranchers bedeuten könnte, durch einen Hinterhalt der Kavallerie, Tod durch neue Krankheit, Tod durch Hunger und Isolation, Tod durch einen anderen schmutzigen Plan der US-Regierung und jener fremden Eindringlinge, die mit jener Regierung verbündet waren. Die Geister der Erde winkten unseren Vorfahren zu. Ohne Frage gingen sie durch das Land und kehrten jeder zu seinem besonderen Platz der Erde, den seiner Ahnen, zurück.

Einige der Pits, die zum Round Valley umgesiedelt worden waren, kehrten zum Pit River zurück. Einige von jenen, die nach Klamath umgesiedelt waren, kehrten zurück. Die Pits, die hinaus in die Salzwasser gebracht worden waren, waren der einzige Lebensfunken, der in der Kälte und Dunkelheit der Wintersee verschwand. Aber zu keiner Zeit in der Geschichte gibt es ein erregenderes Ereignis, als die Zeit, da wir wieder auf dem Land der Großväter wanderten. Die Pit River Nation sammelte sich wieder auf dem Land der Ahnen. Lange in die Nacht hinein lauschten Herzen auf die sich sammelnden Leute. Trommeln sprachen von einer Zeit großen Glücks und einer Zeit, die Flut der roten Wut zu vergessen, die auf den Westen donnerte wie die Wellen eines sturmgepeitschten Meeres. Sie tanzten und ihr Tanz wurde in Dankbarkeit dargebracht. Es war ein Tanz des Glücks. Alle Herzen tanzten... auch das der Trommler und der Wachtposten. Der riesenhafte Herzschlag war über allen Tälern und Bergen und vertrieb die Wolken vom Horizont.

*

Im Wesen des Lachses gibt es ein Naturphänomen, das den Fisch, wenn er erwachsen ist, veranlaßt, die Wasser zu aufzusuchen, wo seine Vorfahren gelaicht haben. Der Orientierungsmechanismus ist für die Anglos eine erstaunliche Sache, aber für die ursprünglichen Leute ist es eine einfache Handlung der Natur. Mutter Natur ist der machtvollste und nicht zu leugnende Geist des Landes. Eine Macht, die nicht infrage zu stellen ist und der man nicht widerstehen, die man nicht erklären oder anzweifeln kann, denn man stellt ein Band zwischen der Erde und den Geistern nicht mehr infrage als die Liebe einer Mutter zum kleinen Baby.

Diese ehrfurchtgebietende doch einfache Wahrheit ist nicht auf den Lachs beschränkt. Die Hirsche haben Wanderunsgzyklen, die denen der wandernden Fische ähnlich sind. Die Gänse wandern nach Süden und kehren in den Norden zurück. Wenn man ein einziges Gänseei in den Nordlanden hinlegte und während des Sommers ausbrütete, mehr als hundert Jahre nachdem alle Gänse ausgerottet wären, mit Erwachsenwerden würde die Gans, allein, über die Länder südwärts fliegen, dann würde sie zur Wanderzeit wieder nach Norden fliegen.

Ein einziger Hirsch im Bergtal würde normalerweise bei Herbstanbruch nach Süden und tiefer in die Täler ziehen. Wenn der Schnee die Berge bedeckte, würde der kleine Hirsch ständig vor ihm herschreiten. Wenn der Schnee verschwände, würde der Hirsch vor dem Winterregen Schutz suchen. Wenn der Kreis des Winters sich in den Frühling wandeln würde, würde der Hirsch in die tiefen Täler und auf die weiten, grasreichen Ebenen gelockt werden. Wenn der Sommer den Schnee schmelzen ließe, würde der Hirsch in die Berge zurückgehen und den Kreislauf vollenden – den gegen den Uhrzeigersinn laufenden Kreislauf der Natur.

Dem Pit River sind viele Dinge verweigert worden, seitdem die Pacific Gas and Electric Company vor langer Zeit (1901) in das Pit River Land eingedrungen ist. Es gibt viele Aufgaben für einen Fluß, die ihn erforderlich, verantwortlich, schön und ganz machen. Ohne Freiheit können sie nicht erfüllt werden. PG&E hat den Pit River gefangen gesetzt. Er ist im Gefängnis, weil er vom Naturentwurf her schön ist. Indem man ihm einige der großen Naturphänomene, die ihn vollkommen machen, wegnimmt, verliert er seine Verantwortung für die Natur und das Weltganze. PG&E nahm eine der großen Verantwortungen, der machtvollen Phänomene, der ehrfurchtgebietenden Antwort auf die Natur, als sie dicke Zementdämme in den Pit setzte und es versäumte, Fischleitern anzubringen. Durch diese Handlung entfernte PG&E etwas aus der Natur und von allen Menschen, aber eines Tages werden die Dämme verfallen und zusammenstürzen, und dann wird der Lachs zu den donnernden Wasser zurückkehren, wo seine Ahnen sich vor langer Zeit sammelten, um Nahrung für die ursprünglichen Leute zu sein… unsere Ahnen. Die Handlungen der Natur, der Kreislauf des Lebens, müssen von den eindringenden Menschen anerkannt werden.

Wenn man einen Lachs aus dem Meer nehmen würde und ihn markierte, irgendwie wissend, er sei ein Nachkomme der Fische, die einst den Pit bevölkerten, und man alle Dämme (alle neun) niederreißen würde, die jetzt das Vorankommen der Fische behindern, würde man herausfinden, daß der Mechanismus der Natur den Lachs daran erinnern würde, die richtige Abzweigung der Flußgabelung zu nehmen, wie seine Vorfahren es taten… und am glücklichsten Tag des Alten Volkes, würdest du jenen Lachs am Morgen an den stürzenden Wassern der großen Fälle im tiefen Canyon zwischen Pit No. 1 und den Fall River Mills, Pit River Land, springen sehen.

Ebensotief wie das Bedürfnis zu den Wassern der Ahnen zurückzukehren im Bewußtsein des Lachses angelegt ist, ebenso wie der Wandertrieb in Seele und Geist von Hirsch und Gans ist, ebenso ist das Bedürfnis, auf dem Land der Ahnen zu gehen, im Geist der ursprünglichen Leute verankert. Dies zeigt sich in genau diesem Augenblick in Pit River. Denn nach 119 Jahren der Enteignung des Landes und der Landrechte, sind die Pit Rivers in ihrer Eigenschaft als »Eigentümer« des Landes der Ahnen auf das Land gezogen. Ebenso wie der Hirsch auf die Prärie zieht, um sich vom Buschlandgras zu nähren, wie der Bär zum Fluß geht, wohl wissend, daß der Lachs steigt, wie der Falke sich auf den Flügeln des Windes dreht, wissend, daß es sein Recht ist, im Land der Ahnen zu jagen, ebenso wie die Käfer und kleinen Tiere über Ahnenland wandern, ebenso wie die Sterne und die Milchstraße in Himmeln der Ahnen wandern, ebenso zogen die Pit River Leute auf Land ihrer Ahnen, um ein Teil der überwältigenden Macht der Natur zu werden... um ihren Platz neben den höchsten Mächten der Welt einzunehmen; um in Würde durch kommende Generationen zu gehen. Denn wir wissen, daß Geister über all den Landen unserer Großväter in uns jenes erschaffen, was wir nicht verändern können.

...Augenscheinlich am 27. Oktober 1970, als wir mit leeren Händen dastanden und gegen die US-Regierung kämpften, die mit Maschinengewehren, Schrotflinten, Gewehren, Pistolen, Keulen, Giftgas, Ketten und Hunden bewaffnet war. Augenscheinlich bei der PG&E am 5. Juni 1970, als wir auf Land der Ahnen zogen und die Behörden herausforderten. Während der PG&E-Gerichtsverhandlungen fanden die USA und PG&E heraus, daß wir wirklich Eigentumer des Landes waren, wie wir immer behauptet hatten! Aber es hat uns wenig genutzt, PG&E durch die Gerichte Amerikas zu überprüfen, denn die Polizei unterstützt immernoch den illegalen Besitzanspruch von PG&E.

...Und von diesem Tage an werden wir nicht zurückschauen, außer um zu sehen, wo wir waren. Wir haben eine Welt wieder zu beanspruchen, das können wir nicht unseren Kindern überlassen. Wir werden unsere ganze Nation wieder errichten. Und die Nation wird erkennen, daß alle Menschen notwendig sind und genausoviel Recht haben, auf dem Land zu leben wie die Vögel und die kleinen Tiere, wie die Bäume und die Berge, wie die Sterne und die Sonne und der Mond, aber daß wir weder großartiger als die Tiere sind noch weniger als die Sterne. Und so werden wir wohnen für alle Zeiten.

Der Pit River Stamm kehrte zu dem Land zurück wie der Hirsch in die Berge zurückkehrt, wie der Lachs zu seinem Geburtsnebenfluß zurückkehrt, wie die Gans zu ihrem Nistplatz zurückkehrt, wie die riesigen Wale zu ihren Geburtsstätten zurückkehren, wie der Winter sich in Frühling verwandelt, der mit dem Sommer wechselt, der von den Geistern gegen den Herbst ausgetauscht wird, der zum Winter zurückkehrt. Dies ist die Art, wie das Volk zum Land zurückkehrt. Dies ist das Phänomen, das im Kreislauf der Natur, den zu erfüllen wir geschaffen sind, nicht verleugnet werden kann, und wir werden nicht zu unseren Geistern beten, daß sie uns oder unseren Lebenssinn ändern.

Wir wissen, daß die Pit River Nation nicht eine Gruppe von Einzelwesen ist, die dem Land geboren sind, vielmehr ist Pit River eine geistige Einheit. Und nicht ein Grund, der dem Volk entsprungen ist, sondern ein wunderbarer Sinn, der den Geistern entsprungen ist, und wir sind gedemütigt auserwählt zu sein als die Leute, den Kampf in unserer körperlichen Form zu führen. Wir sind den Jahreszeiten dafür dankbar, daß sie unsere Augen der aufgehenden Sonne öffnen und unsere Ohren für die Geschichten, die der Pit River am Abend flüstert und unsere Sinne für die Geschichten, die die Natur überall um uns her erzählte... *und wir werden nicht vergessen, daß die Erde unsere Mutter ist.* Daß es keinen schöneren Körper im Weltall gibt; es gibt keinen wertvolleren; es gibt keinen, den wir mehr lieben.

Für die Pit River Leute ist die Rückkehr zum Land der Ahnen eine natürliche Sache... wie die Sonne über den Himmel zieht, wie Dunkelheit zwischen den Sternen, wie Blumen, die auf den tausend Bergen tanzen. Und wir werden das Wissen von *Mutter Erde* nicht bestreiten... niemals!

(Zuerst veröffentlich in der Broschüre »Pit River«, 1973)

»Le Sauvage«

Wir, »Wilde« genannt, hörten zu.

Wir, »Heiden« genannt, fragten.

Wir, als »Primitive« bekannt, schauten.

Wir fragten nach den Bedeutungen dieser Dinge in den Herzen der Menschen und suchten die Kenntnis dieser Worte.

Die von den »Wilden« sprachen, lehrten uns. In den Schmerz- und Wehschreien unserer Großmütter, hörten wir die Wahrheit von Wildheit.

Die das Wort »Heiden« gebrauchten, lehrten uns. Die Schreie ihrer Qual wurden unseren Großvätern mit Handlungen gottloser Menschen beantwortet.

Vor einem Jahrhundert sahen wir die Bedeutung des Wortes »Primitiver« vor unseren Augen Form annehmen. Alte Geschichten, derer wir uns erinnerten, erzählten uns wie es auf der anderen Seite der Vergangheit war, als die Menschen neu waren und noch nicht die wohltuenden Lehren von Mutter Erde gelernt hatten.

Wir haben die Bedeutung dieser Worte kennengelernt und müssen unsere Stimme nun jene fühlen lassen, die wohltuende Lehren vergessen haben.

Auf der Insel von Pit River da wohnt ein Wille, der der Wille unserer Mutter Erde ist. Um diesen Willen zu verstehen und dir anzueignen, mußt du die Lehre des Felsens suchen, denn der Fels hat diesen Willen. Du mußt den Hirsch und den Hasen und die Kiefer fragen, denn alle Wesen unserer Mutter, der Erde, drücken diesen Willen aus.

Nur ein Mensch kann vergessen.

Nur ein Mensch kann sich erinnern.

Beobachten wir den Weißen hier, auf Schildkröteninsel, zeigt er uns, daß er seine Erinnerung an den Willen in sprechenden Blättern eingesargt hat, auf eine Weise, die konfliktererzeugend und gefährlich ist. Wir haben ihn aufgefordert, damit aufzuhören, sich in unser Leben, das wir in Harmonie und im Ausdruck dieses Willens führen, einzumischen. Immer antwortet er mit sprechenden Blättern und leeren Augen.

Er sagt, daß seine sprechenden Blätter das »Gesetz« enthalten und daß wir dem, was sie sagen, gehorchen müssen. Wir lernten, mit diesen sprechenden Blätter zu reden und entdeckten, daß sie in Wirklichkeit überhaupt nicht von »Gesetz« sprachen, wie wir das Wesen des Gesetzes verstanden, sondern diese Blätter sprachen von bloßen Festlegungen von Vorteilen.

Er sprach von diesen »Festlegungen«, damit er mit dem, was er auf Schildkröteninsel tat, weitermachen konnte. Wir untersuchten dieses »Weitermachen« und durch die Wirkung dieser Untersuchung sahen wir, was *sein* Wille war. Wir wurden besorgt. Seine Wille war in keiner Weise in Übereinstimmung mit dem Willen, der in Pit River lebt und in jedem Sandkorn, jedem Berg und Vogel. In unseren

Augen wurde sein Wille ein Ungeheuer. Eine goldene Schlange, die alles, was sie umgibt, verschlingt und verschlingt und dann, mit ihrem Schwanz im Maul, anfängt, sich selbst zu verschlingen.

Davon wissen wir, daß es eine böse Sache ist und wir bemühen uns, verschiedene Menschen auf der Welt zu warnen. Wir möchten einige Dinge von Pit River erzählen. Wir möchten die tausend und abertausend sprechenden Blätter zerreiben und aus dem Pulver etwas Wahrheit sieben. Wir möchten einigen Menschen dabei helfen, sich des Willens unserer Mutter, der Erde, zu erinnern.

Es ist schwer, sich vorzustellen, daß die Völker, die hier auf Schildkröteninsel gelebt haben, bevor Christopher Columbus seinen Fehler beging, nicht allzuviel daran dachten, etwas zu besitzen. Es war nicht im Geist des Landes. Es gab Dinge, die machten die Menschen für sich selbst aus den Gaben der Natur und dann gab es einige Dinge, die jemand gegen etwas anderes eingetauscht haben mag. Es könnte gesagt werden, es gehörte ihm, und die anderen erkannten das an und es wurde um diese Sache nicht viel Aufhebens gemacht. Er war eben dankbar und glücklich, etwas Nützliches oder Schönes zu haben. Das war etwa das Maß an Eigentum, denn schließlich gibt es immer genug, um zurecht zu kommen, da unsere Mutter Erde so gut zu uns ist.

Aber Land zu besitzen war schwer zu verstehen – und das ist es noch. Denk darüber nach. Was bedeutet es? Wasser zu besitzen? Luft zu besitzen? Wie definierst du diese Dinge? Stelle diesen Betrachtungsweisen von Eigentum die Alternativen gegenüber: Frei auf der Erde zu wandern, frei von ihrem Wasser zu trinken, frei von ihrer Luft zu atmen.

Welche Betrachtungsweise scheint »primitiv« und welche erscheint zivilisiert? Welche Betrachtungsweise erscheint utopisch?

Wenn du die Geschichte als eine gerade Linie vom Bösen zum Guten betrachtest, vom Primitiven zum Zivilisierten, vom Rückschritt zum Fortschritt, dann könntest du Schwierigkeiten haben, ob es besser ist, frei zu wandern, frei zu trinken und frei zu atmen oder Betrachtungsweisen von Eigentum unterworfen zu sein, die deinen Gang und dein Trinken und dein Atmen der frischen Luft einschränken und verbittern würde.

Wenn du jedoch Geschichte als einen organischen Ablauf betrachtest, wie eine wachsende Pflanze oder ein Kind, das sich im Bauch seiner Mutter formt, dann wirst du keine Schwierigkeit haben zu entscheiden, welches die vorzuziehende Art und Weise ist, dein Leben zu verbringen. Natürlich, der Weg, der dir das bessere Gefühl gibt und dir weniger Elend bereitet, ist die natürliche Wahl, die du treffen wirst.

Heute sagen wir, daß die Pit River Leute sich in einem Kampf befinden, um ihr Land wiederzugewinnen. Weil wir diese Worte in einer nicht-indianischen Sprache sagen, implizieren wir, daß die Leute von Pit River 3386000 acres Land im nordöstlichen Kalifornien »besitzen«. Aber dies zu sagen, zwingt uns die Sprache. Um zu uns selbst wahrhaftig zu sein, müssen wir sagen, daß es bei unserem Kampf darum geht, das »Recht« wiederzugewinnen, frei auf dem Land innerhalb der Grenzen, die in zahllosen Jahren der Besiedlung und des Gebrauchs durch unsere Ahnen festgelegt wurden, zu wandern. Die Nationen aus ursprünglichen Völkern die Pit River umgeben, haben diese Grenzen stets anerkannt und sie wanderten ebenso frei auf dem Land ihrer Ahnen. Aber das Land selbst gehört der Mutter Erde. unserer Mutter, genauso wie wir Menschen Mutter Erde gehören.

In den alten Tagen kamen eine Menge Leute von anderen Nationen zu den Wasserfällen im Pit River Land, um den Lachs zu fangen. Es gab viele Besuche und überall war man fröhlich. Die Leute, die kamen, um diese Gaben der Erdmutter zu teilen, waren guter Dinge, weil sie keine »Betreten verboten«-Schilder sahen und sie waren begierig darauf, alte Freunde zu treffen. Es ergab wenig Sinn, über »Eigentum« an Land nachzudenken.

Als der Weiße über die Wasser im Osten kam, halfen ihm die Menschen, die dort lebten, aus seinem Kanu und zeigten ihm eine Menge Kniffe, um auf Schildkröteninsel zu leben und für eine Weile erfreuten sie sich daran, die Fremden zu besuchen und etwas von ihnen kennenzulernen und über das Land jenseits der Wasser. Dann wollte der Weiße seine Dankbarkeit zeigen und er gab jenen Leuten einige Glasperlen und Kleidung und andere nützliche Dinge. Nun, das dachten jene östlichen Völker. Es dauerte nur eine kurze Zeit, bis sie entdeckten, daß jene Geschenke dazu gedacht waren, etwas darzustellen, nicht nur die Erwiderung einer Höflichkeit. Die östlichen Völker brauchten etwas länger zu erkennen, daß die Weißen Land »kauften«.

Hier begann die »lange Lehre« der Völker von Schildkröteninsel. Es ist eine lange Lektion, weil sie fünfhundert Jahre von Kalifornien nach New York und von der Behringstraße bis Tierra Del Fuego überspannt. Der Kern der Lektion ist, daß du keinen Grund hast, von einem Menschen, nur weil er ein Mensch wie du bist, zu erwarten, daß er in einer dir ähnlichen Weise denkt und sich verhält. Dies deshalb, weil ein »Mensch« das einzige Wesen auf der Erde ist, das fähig ist, die Lehren unserer Mutter, der Erde, zu vergessen.

Eine lange, lange Zeit lebten die Leute auf dem Pit River Land wie eh und je und sie waren sich in keiner Weise bewußt, daß ihr ganzes kostbares Heimatland – und das Heimatland von tausenden anderer Nationen von ursprünglichen Völkern – irgendwie das Eigentum des Königreiches Spanien geworden waren, das jenseits eines großen Teiches im Osten lag und das selbst die alten Leute in ihren Geschichten von Zeiten und Ereignissen selten erwähnten.

Und dann wieder, als die Pit River Leute Lachs aus dem Wasser fischten, wurde fern im Süden eine Schlacht geschlagen und ein Land namens Mexiko wurde der »Eigentümer« oder »Landherr« vom Pit River Ahnenland.

Dann fingen die Pit River Leute an, einen gelegentlichen Wanderer auf ihrem Gebiet zu bemerken, der auf eigentümliche Art gekleidet war, von fremdartigem Aussehen und unfähig irgeneine bekannte Sprache zu sprechen.

Eine weitere Schlacht im Süden und die Vereinigten Staaten von Amerika wurden die »Besitzer« des Pit River Landes. Wieder ohne Kenntnis der Leute, die seit jeher da gelebt haben.

Nun, irgendwo in der Kette der Ereignisse, entdeckten einige kluge und empfindsame Individuen von jenseits des Wassers, daß die Völker von Schildkröteninsel dem Konzept von Grundeigentum keine Beachtung schenkten. Eine solche Sache wäre eine widernatürliche und eigennützige Sache, wie verschiedene europäische Betrachtungsweisen. Aus diesem Grunde dekreditierte der König von Spanien 1571 ein Gesetz zum Schutz des Eigentums, das die Völker von

Schildkröteninsel innehatten oder wenigstens für jenen Teil von Schildkröteninsel, das innerhalb der Grenzen des »spanischen Territoriums« lag.

Jetzt können wir den Anfang des Einflusses von sprechenden Blätter auf das Leben der Menschen der Pit River-Nation erkennen.

Als Mexiko entstand, übernahm es die Rolle des »Landherrn«, eine notwendige Voraussetzung für die Unabhängigkeit von Frankreich, das ein großes Stück von Schildkröteninsel Spanien weggenommen hatte. Dann entschieden sich die Vereinigten Staaten, ihre Muskeln spielen zu lassen und die Gebiete, die sie Texas, New Mexico, Nevada, Arizona und Kalifornien nannten, Mexiko wegzunehmen... und das taten sie und bereinigten eine degenerierte Gewalthandlung mit einem Stoß sprechender Blätter, die ein achtbarer Vertrag genannt wurde, der von Guadelupe Hidalgo im Jahre 1848.

Jetzt war für die Natur- und die Menschenrechte der Pit River-Leute wie auch für die ursprünglichen Völker in dem Gebiet, das Mexiko weggenommen wurde, das Vorhandensein von sprechenden Blättern wesentlich, die besagten, daß in all den »Besitz«übertragungen wie ein Fluß die unbedingte Forderung an alle Landherren enthalten war, der Verantwortung und Verpflichtung, die Rechte der eingeborenen Völker zu wahren, nachzukommen... sowohl persönliche wie Eigentumsrechte.

Nach der Unterzeichnung des Vertrages von Guadelupe Hidalgo 1848 fingen die Leute der Pit River Nation an zu bemerken, daß sie in großen Schwierigkeiten waren, auch wenn sie nicht wußten, weshalb. Ihr Zusammentreffen mit den Menschen der Vereinigten Staaten, die sich selbst Amerikaner nannten, erwies sich als eine Geschichte, der zuzuhören Menschen kaum ertragen können. So häßlich und schmerzvoll ist die Erzählung, daß die Amerikaner sie aus ihren Märchen verbannt haben. Heute verzichten die Schulen der Vereinigten Staaten darauf, diese Tatsache zu erwähnen.

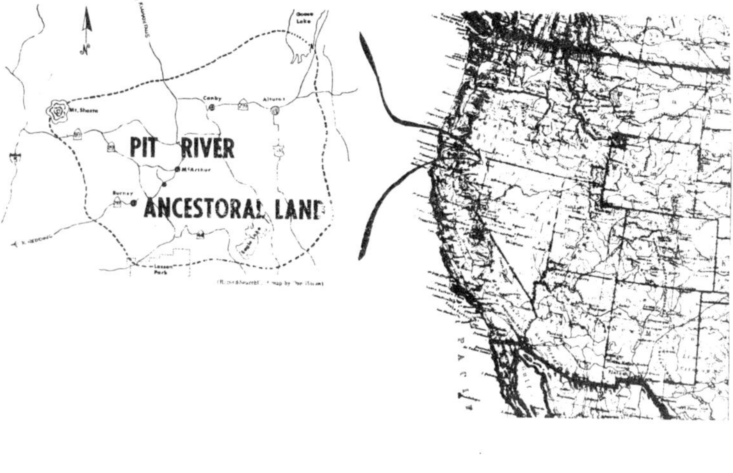

Die eine Hälfte der Wirklichkeit war, was unser Volk erlitt. Während einer Generation wurde die ursprüngliche Bevölkerung aus freundlichen, großzügigen, empfindsamen, gesunden und intelligenten Menschen, die seit dem Anfang der Zeit ein utopisches Leben geführt hatten, zu 90% zerstört. Unbarmherzige, barbarische Wilde kamen über die Berge und über das Meer hierher, verrückt gemacht durch eine verderbte Lust auf Gold und Land. Gottlose Menschen kamen zu tausenden und infizierten die heilige Erde mit unechtem Gefühl und unvergleichlicher Bösartigkeit. Wie konnte ein Mensch so etwas schmutziges und armseliges machen wie Frauen und Kinder zu tausenden umzubringen und sie absichtlich über Decken und Kleidung mit Pestilenz und Seuchen anzustecken... sie zu versklaven und sie zu jagen... wie?

Die zweite Hälfte der Wirklichkeit war die Welt der sprechenden Blätter. In dieser Welt ist das Gesetz das Wort. In dieser Welt sind die Dinge gerecht und richtig und beruhen auf humanitären Prinzipien von alten Zivilisationen in einem fernen Land. In jener Welt lebt der Stolz des amerikanischen Patrioten, leben die herrlichen und von Christus gebilligten Abenteuer der Republik.

Dieses Merkmal der Amerikaner, die Wirklichkeit zu spalten, hat unseren intensiven Kampf um die Freiheit, frei auf dem Land unserer Ahnen zu wandern, vereitelt. Bei unserem Versuch, diesen Leuten auf einer gerechten und legalen Grundlage zu begegnen, vor ihrem eigenen Gerichtshof, und ihnen unsere Beweise vorzulegen, die auf ihrem Gesetz beruhen und zeigen, warum sie uns das Land unserer Ahnen wieder zurückgeben müssen, wurde uns ständig von der Angewohnheit, nach Belieben von der einen Wirklichkeit in die andere zu wechseln, ein Strich durch die Rechnung gemacht.

Die höchsten Autoritäten sagen uns, ja, es ist das Land unserer Ahnen und es wurde uns unrechtmäßigerweise weggenommen und sie verweigern uns dennoch überhaupt eine Stimme, für die Berichtigung der Unrechtmäßigkeit, für die Rückgabe des Landes an uns, einzutreten.

Sie sagen uns »Im Namen des Allmächtigen« im Vertrag von Guadelupe Hidalgo, daß unsere Rechte, persönliche und Eigentumsrechte, von der Regierung der Vereinigten Staaten beschützt worden sind und werden. Doch dieselbe Regierung weigert sich kriminellerweise ihrer Pflicht nachzukommen – wie es vom römischen Recht festgelegt ist – wie es vom spanischen Recht festgelegt ist – wie es vom französischen Recht festgelegt ist – wie es vom mexikanischen Recht festgelegt ist – wie es vom Recht Louisianas festgelegt ist – wie es vom Gesetz der Vereinigten Staaten festgelegt ist.

Durch die Wirkung der mystischen Welt der sprechenden Blätter wähnen die Vereinigten Saaten, daß durch die Verabschiedung eines Gesetzes im Jahre 1851 und 1853 die Amerikaner von der Pflicht des Schutzes von indianischem Recht und Eigentum befreit ist. Genannt »An Act to Ascertain and Settle the Private Land Claims in the State of California« (Ein Gesetz, die privaten Landansprüche im Staate Kalifornien zu sichern und zu regeln). Das Gesetz erfordert die Registrierung allen privaten Landes, das unter den Voraussetzungen des Vertrages von Guadelupe Hidalgo beansprucht wird. Die Gerichte haben argumentiert – wobei sie es ablehnten, die indianische Souveränität über indianischen Boden anzuerkennen – daß alles indianische Land als Privatbesitz zu klassifizieren ist, womit alles indianische Ahnenland im Staat Kalifornien verwirkt war, weil die ursprünglichen Völker es versäumten, sich das Land nach Maßgabe dieses Gesetzes eintragen zu lassen.

Im Jahre 1853 wurde, im Zusammenhang mit dieser Wirklichkeit sprechender Blätter, von den Pit River Leuten erwartet, zu fühlen oder von selbst zu wissen, daß sie eine Delegation 800 Meilen zu Fuß zu einer Stadt schicken mußten, von der sie nicht wußten, daß es sie gab (San Diego) und einen Füllfederhalter nehmen mußten, von dem sie nichts wußten, um unverständliche Zeichen in einer Sprache, die ihnen unbekannt war, auf ein Stück Papier, das sie nie gesehen hatten, zu machen, um ihre Eigentumsrechte zu schützen, wobei sie nie informiert worden waren, daß diese bedroht waren – trotz der Pflicht und Verantwortung der Regierung der Vereinigten Staaten, den Schutz eben dieser Rechte zu sichern. Mit dem Versäumnis der Indianer, diese Handlung zu vollziehen, hatten sie das Land ihrer Ahnen verwirkt. Dies ist das Fundament, auf dem der Staat Kalifornien aufgebaut ist.

120 Jahre lang haben die Pit Rivers darum gekämpft, daß diese Ungerechtigkeit korrigiert wird. Die Führer und Anstifter dieses Kampfes haben die Liebe zur Heimat unserer Ahnen immer gehabt und werden sie immer haben und es ist ihnen unmöglich, sich der Verantwortung zu entziehen, die uns vom Schöpfer übertragen ist, immer als Hüter und Wahrer unseres Heimatlandes zu handeln. Diese Verantwortung geht tiefer als Menschenrechte und »Indianerrechte«, denn es ist das Recht allen Lebens, im Einklang und in

Ausgewogenheit mit dem Weltganzen zu leben.

Wir haben erkannt, daß es naiv und dumm wäre, vom Volk der Vereinigten Staaten zu erwarten, daß sie aufhören, sich in unsere Verpflichtung und Verantwortung für das Heimatland unserer Ahnen einzumischen. Die Gier und Lust, die diese Leute anregte und herausforderte, die Stufe der menschlichen Moral herabzusetzen, existiert noch und ihr übermächtiger Wunsch, alle Bestandteile der natürlichen Existenz auf diesem Planeten zu »besitzen« und zu »beherrschen« hält sie davon ab, sich einer so einfachen, ehrlichen und klaren Sache wie unserem kleinen Kampf um Freiheit und unseren eigenen Boden zuzuwenden.

Wir müssen uns daher selbst an die Völker der Welt jenseits des Märchenbuchkönigreiches der Vereinigten Staaten wenden, in der Hoffnung, daß es Menschen wie wir selbst in beträchtlicher Zahl gibt, die nicht durch eine historische Schuld bewegungsunfähig sind, die so blutig ist, daß sie selbst unfähig sind, Wirklichkeit von Einbildung zu unterscheiden.

Und wenn diese Menschen in der Welt berührt werden können, dann können wir – gemeinsam – versuchen, einen Weg für die Amerikaner festzulegen, auf dem sie selbst es zulassen, die Wirklichkeit zu erkennen, um auf diese Weise ihre Menschlichkeit wiederzuerlangen.

Darryl Wilson: Eine kurze Lebensbeschreibung

»Ich wurde am Zusammenfluß vom Pit River und Fall River in Fall River Mills, Kalifornien am 21. November 1939 geboren. Meine Mutter war Laura Carmony, mein Vater Herman Wilson, beide aus dem Pit River-Land.«

Die Indianer galten weniger als Vieh, sie waren ganz unten in der sozialen Leiter. Sein Vater war Schlachter von Beruf.

»Als ich sehr jung war, nahmen mein Vater und meine Mutter an Treffen unser besorgten Leute teil, die sich in dem Bemühen zusammenfanden, gemeinsam etwas gegen die weitere Erosion der Traditionen, unserer Kultur, unseres Landes und Lebens zu tun.«

»Ich wuchs in meinen jungen Jahren im Sonnenschein von Pit River auf. Der Pit River (Da-we-wewe) war unsere Kraftquelle, unser Spielplatz und Großteil unserer Nahrungsgrundlage… Als ich das zweite Jahr in der Schule war, wurde meine Mutter bei einem Unfall getötet, als ein Holztransporter unser Auto überfuhr, der auch unseren jüngsten Bruder tötete. Ich war das vierte von neun Kindern. Kurz nach dem Unfall, der unsere Mutter und unseren Bruder tötete, wurden wir unserem Vater weggenommen und unter gerichtlicher Vormundschaft in Pflegefamilien gegeben. Meist kamen wir zu weißen angelsächsischen Protestanten... ich trotzte ihrer Lebensweise – wohl wissend, daß ich Gefangener der Amerikaner war.«

»Ich wurde in Schulen, die weit von meiner Heimat entfernt waren, erzogen und wurde nie ermutigt, zurückzukehren. Es war, als wenn mein Lebensbeginn keinen Sinn gehabt hätte – und vielleicht nie stattgefunden hatte! Und alles was mir übrigblieb, war, in den ›mainstream‹ des amerikanischen Lebens einzusteigen.«

Nach dem Schulabschluß 1959 ging er zum U.S. Marine Corps und diente dort 4 Jahre. Nach der Grundausbildung kam er in der Fernen Osten, dann wurde er nach zwei Jahren in Carolina stationiert. Dort kam er in Kontakt mit den Aktivitäten des indianischen und des schwarzen Widerstandes. »Ich lernte während meiner Dienstzeit viel von der Tiefe und Breite von Rassismus und Bigotterie in der Gesellschaft kennen, die zu verteidigen ich vereidigt worden war – Amerika!«

Er wurde an Nuklearwaffen ausgebildet und sah, wie destruktiv sie waren und wie unausgeglichen das Personal war. Er quittierte des Dienst und arbeitete dann an verschiedenen Universitäten.

Er machte verschiedene Jobs, heiratete und bekam drei Söhne. Aus vorhergehenden Verbindungen gab es zwei Söhne, den einen hat er nie gesehen.

In den Siebziger Jahren war er als Sprecher (Ilmawi) seines Stammes politisch aktiv, erst in den Gerichtsverhandlungen um die Landrechte, dann beim Versuch zusammen mit Vertretern der Hopi, Irokesen, Sioux und anderer Stämme, den Blick der Weltöffentlichkeit auf die Probleme, die die US-Regierung den Indianern machte, zu lenken. Auch in UNO-Gremien versuchten sie, etwas zu erreichen. Letztlich ohne direkten Erfolg, aber doch Samen säend, die vielleicht aufgehen.

1980 wurden ihm am 14. August von seiner neuen Frau Zwillinge geboren, Thunder und Power (Boss & Hoss). Deren Mutter wurde bei einem Autounfall am 24. April 1982 in Oregon getötet – »ein schwerer Schlag für mich und die Zwillinge, der irreparabel sein könnte.« (Darryls Vater wurde nach dem Tod seiner Mutter zum Alkoholiker.)

»1982 zogen wir aus Oregon in der Hoffnung fort, etwas von dem Schmerz über ihren Tod dortzulassen, und zum Pit River-Land auf das Land meines Urgroßvaters, Sam Wolfin, zurück. Wir wohnen dort zu dieser Zeit, und mit der geistigen Kraft eines jeden von uns wollen wir Wurzeln in die Erde senken, die unsere Kraft wachsen lassen.

Ganz gewiß gibt es auf unserem Weg, in unserem eigenen Land wieder Wurzeln zu schlagen, gewaltige Hindernisse – die meisten Hindernisse sind entweder politischer, rechtlicher oder wirtschaftlicher Natur. Aber wir werden unser Vorhaben verwirklichen – mit ein bißchen Hilfe von der Macht, die die Erde um die Sonne dreht – und die Sonne um Großes Wunder…«

Zusammenstellung der Zitate,
Übersetzung und Überleitungen: Andreas Lentz

Inhaltsverzeichnis

Bildnachweis

Titelseite: Smithsonian Institution; *Seite 5:* Bob & Ira Spring; *9:* Ray Atkeson; *10, 77:* David Muench; *26:* Erna Lendvai-Dircksen; *31:* Fernand Rausser; *32, 48:* NASA; *36, 41, 42, 47, 53, 54, 64, 70, 78, 80:* Andreas Lentz; *57:* Richard Simpson; *60:* Edward S. Curtis; *87:* Zoe Norwood; *88:* J.-P. + G. Maurer; *100:* Eastman's Studio; *118:* Pit-River-Broschüre; *123:* Grüne Kraft.

WEITERE BÜCHER AUS UNSERER REIHE:
»DRACHENBÜCHER«

DIE GEBETSFLÖTE
Das Lied der Mutter Erde
Tony Shearer

DIE QUELLE
Ein spiritueller Comic
Fred Hageneder

DIE 7 WURZELN CERRIC MAB CARDACS
Die Geschichte einer keltischen Einweihung
Fred Hageneder

KINDER DER SONNE
Wie die Musik zur Erde kam
Tony Shearer

DER KLEINE ZAUBERER VON WUNDERLAND
Ein Märchen
Werner Frieling

DER WEIẞE SCHWAN
Die Geschichte einer geheimnisvollen Verwandlung
und einer tiefen Liebe
Britta (Iwersen) Bryant

Bitte unser aktuelles Verlagsverzeichnis anfordern.
Fragen Sie Ihren Buchhändler nach unseren Büchern!

NEUE ERDE – Verlag Andreas Lentz
Fenkenmühle 6, D-7981 Horgenzell